CONCERT AU RÉFECTOIRE À 16 H 30

MAUREEN DOR

# CONCERT AU RÉFECTOIRE À 16 H 30

*Roman*

*D'après le scénario*
*« Hervé Vincent en concert à 16 h 30 »*
*de Maureen Dor et Vincent Baguian*

BUCHET • CHASTEL

ISBN : 978-2-283-03849-9

*Tout est en désordre. Les cheveux.*
*Le lit. Les mots. La vie. Le cœur.*

JACK KEROUAC

*À Jean-Éric Ougier,*
*qui aurait mis le feu à sa maison de retraite.*

# Prologue

C'est seulement quand j'ai donné les clés de la propriété au type de l'agence immobilière que j'ai compris que c'était fini. Que tout était fini. J'avais échoué, ma boîte avait été mise en liquidation et comme tout était au nom de celle-ci, quand je l'avais perdue, j'avais tout perdu. Même et surtout ma maison, même et surtout ma femme. On travaillait ensemble, moi à la direction générale et elle à la communication. Elle avait si bien communiqué avec mon client américain qu'elle était partie avec lui. Avais-je perdu ma femme parce que je perdais ma société ou avais-je perdu ma société parce que ma femme était en train de partir ?

Je me suis posé la question un soir, sur la terrasse, quand la maison était déjà vide et que je dormais sur les transats du jardin. Je regardais ce ciel du Sud qui avait été la voûte d'une succession de fêtes et de soirées joyeuses, et je m'étais endormi sans trancher ; elle n'était plus là parce qu'elle ne m'aimait plus. Pourquoi elle ne m'aimait plus, ça, c'était un autre problème. Et des problèmes, j'en avais beaucoup à l'époque.

Ma femme s'était barrée, mes clients changeaient de crémerie, et je n'arrivais pas à prendre les bonnes décisions pour sauver mon couple et mon business. Je me retrouvais donc un soir de lune montante, au bord de ce qui allait bientôt être mon ex-piscine, à me demander comment je n'avais pas vu que ma vie se délitait comme les mailles d'un tricot dont on veut récupérer la laine.

De cette pelote effilochée, il ne me restait que ma fille. C'est la seule qui était à mon nom, on me l'avait laissée. Même sa mère n'en avait pas voulu. Elle avait 10 ans et déjà des yeux d'adulte quand elle me dévisageait. Je voyais bien qu'elle me tenait pour responsable de la fin de son enfance et du départ de sa mère. Quelle injustice !

J'ai éloigné de moi ce petit reproche en chaussons, trop honteux pour affronter son regard inquisiteur et ses questions lancinantes à base de « elle est où maman ? » et de « elle rentre quand ? » auxquelles je ne pouvais pas répondre sans devenir menteur moi-même. Le peu d'argent qu'il me restait après avoir été mis à sac par mes créanciers servit à payer le premier trimestre de la meilleure pension suisse où j'inscrivis Lydie. Le genre d'endroit où l'on parque les gosses de riches dans un environnement qui leur rappelle la maison : piscine olympique, courts de tennis, pelouse au cordeau, chambres avec Wi-Fi, et nourriture *healthy*. Je pensais naïvement que si elle était au Club Med de la scolarité, le manque de sa mère – et de moi aussi, peut-être –, de sa nounou, de sa maison, bref de sa vie d'avant, passerait mieux. J'espérais aussi qu'elle y rencontrerait la crème de la crème, et qu'elle s'y ferait un carnet d'adresses en or pour, plus tard, me venger de mon échec entrepreneurial. J'aurais mieux fait de l'emmener vraiment au Club Med.

Quand il avait fallu se remettre à flot – des petits flots, j'étais passé de l'Atlantique à la Méditerranée – je m'étais dit que, quitte à tout recommencer, autant se faire un peu plaisir. J'avais aimé travailler dans le milieu de la musique, alors pourquoi ne pas y rester ? Mais de l'autre côté de la barrière cette fois : à 45 ans, de fabricant, j'étais devenu artiste. Et comme ma chute sociale n'avait pas entraîné de chute capillaire, j'étais resté cet homme dont les femmes disaient : « s'il veut bien de moi, je veux bien de lui ». Je ne voulais pas particulièrement d'elles mais le faire croire était à ma portée. J'avais un joli brin de voix et une certaine prestance que mes costumes sur mesure, cachés dans la cahute de la pompe à chaleur de la piscine pendant le passage de l'huissier, mettaient en valeur.

Cet été-là, je l'ai passé sur une estrade de la taille de mon dressing à chanter tous les tubes de ma jeunesse que je n'avais fredonnés jusqu'à présent que sous ma douche à l'italienne. J'ai chanté tout l'été et quand la bise est venue, j'ai compris que si je voulais continuer à investir dans l'avenir suisse et riche de ma fille, il me fallait continuer à me produire devant un public aussi bienveillant et peu exigeant vocalement que le spectateur en pantacourt.

Depuis vingt-cinq ans que j'enchaîne les concerts, je crois pouvoir dire sans fausse modestie que je suis actuellement l'artiste le plus demandé dans les Ehpad de France et de Navarre.

« Hervé Vincent, la musique des cœurs, la musique au cœur. » 550 € TTC la prestation, éclairage et sonorisation compris.

# Chapitre 1

Elle roule trop vite et elle le sait. Elle sait aussi que ça me rend malade quand je dois me concentrer mais elle s'en fout. Ma fille se hâte d'aller vers des destinations qui l'ennuient. Et c'est comme ça depuis cinq ans, depuis qu'elle m'a rejoint dans ma vie de VRP des émotions. Pourtant, son lycée suisse était censé mettre à sa portée les plus hautes fonctions professionnelles, qu'une éducation pour millionnaire au milieu de gosses de millionnaires rendait atteignables.

Mais je l'ai vue débarquer à l'entrée de mon hôtel de Locquirec le jour de ses 30 ans. J'avais prévu de lui envoyer un petit bouquet au studio parisien qu'elle occupait depuis la fin de ses études de commerce à Bordeaux. Études elles aussi payées grâce à mes galas pour cheveux mauves. Finalement, j'ai pu lui donner les fleurs en main propre. Elle m'a dit que son boulot l'ennuyait à Paris et qu'elle avait envie de venir bosser avec moi. Passé la première minute à chercher par-dessus son épaule si une caméra cachée n'avait pas été engagée pour immortaliser les retrouvailles d'un père et de sa fille qui n'ont pas dû passer plus de trois mois ensemble en quinze ans, j'ai cru naïvement qu'elle avait peut-être aussi envie de me connaître un peu mieux et qu'elle et moi, on aurait plus de temps pour s'apprivoiser. Mais Lydie est une panthère qui me fait peur. Elle, dont on ne sait jamais si elle va mordre, griffer ou ronronner.

Quand elle roule, elle aboie.

« Mais putain, avance ! Bouge-toi avec ta Mercedes de gros plouc de merde !

– Calme-toi, Lydie, y a que moi qui t'entends, là. Et je n'arrive pas à me concentrer. Et ce n'est pas une Mercedes.

– On s'en fout, c'est un truc qui me ralentit. Te concentrer sur quoi ? Sur la chanson ? Tu la connais par cœur !

– Les gestes, Lydie, les gestes. La gestuelle, c'est la moitié de l'émotion.

– L'émotion ! Mon cul !

– Ce que tu peux être vulgaire, ma fille. C'est dommage, ce n'est pas comme ça que je t'ai élevée.

– Élevée ! Tout de suite les grands mots. MAIS RANGE-TOI, GROS CON ! crie-t-elle à l'adresse de la Toyota Prima blanche qui a commis l'erreur de ne pas se déporter assez vite sur la file de droite. Merde, papa, il faut vraiment changer de bagnole. C'est un tank qui n'avance pas, ce truc. Et comme on est toujours en retard... »

C'est vrai que mon combi utilitaire est pourri. Je l'avais déjà quand elle est arrivée. Mais il me plaît ; il est fiable, jamais en panne malgré ses 350 000 km au compteur, et suffisamment spacieux pour héberger ma vie professionnelle et ma vie personnelle. De loin, il fait un bel effet avec l'annonce en lettres d'or calligraphiées sur les deux côtés du véhicule : « HERVÉ VINCENT, LA MUSIQUE DES CŒURS, LA MUSIQUE AU CŒUR. » Je l'ai fait poser par un petit artisan un jour de déprime où j'avais envie de donner un peu de brillant à ma vie. Mais c'est vrai qu'il ne faut pas être garagiste pour voir que le pare-chocs tient par la grâce du Saint-Esprit, qu'une aile est cabossée et que la peinture bordeaux s'écaille un peu partout. Et qu'une camionnette qui a 350 000 km au compteur n'est pas vraiment une gazelle de la pampa.

Lydie roule vite, avec agressivité et nervosité. Comme tout ce qu'elle fait d'ailleurs. C'est dommage parce qu'elle est belle ma fille. Elle est grande, avec une taille fine de patineuse et des seins qui remplissent la main de l'honnête homme. Un père n'est pas censé parler des seins de sa fille, mais je le dis avec admiration et respect. Si elle voulait faire un tout petit effort, elle pourrait taper dans l'œil de n'importe quel homme de plus de 25 ans qui a des yeux pour voir.

Ses cheveux sont châtain-roux et lui arrivent à l'épaule. De temps en temps, elle les attache en chignon relevé mais la plupart du temps, elle ne prend pas la peine de faire plus qu'une simple queue-de-cheval. Elle pourrait être avenante si elle souriait un peu. Mais elle semble avoir oublié sa joie de vivre dans les toilettes d'un restoroute. Il lui reste sa colère pour montrer qu'elle est vivante. Elle est en colère le matin parce que le lit qu'elle occupe ne lui a pas permis de trouver le sommeil, et elle l'est encore le soir en repensant à sa journée qui n'a pas eu les résultats attendus. Elle garde cette colère contre elle comme une mémère tient son chihuahua dans ses bras : pour se rassurer. Parfois, j'ai l'impression que c'est la seule émotion qu'elle connaît encore. C'est ma panthère de 35 ans que je n'ai toujours pas réussi à dompter malgré une vie commune 24 h/24.

« Tu peux fermer ta fenêtre ? Avec ma voix…, dis-je en murmurant. Elle le sait tout de même que le chaud-froid et les courants d'air fragilisent mon organe.

– Lâche-moi avec ta voix ! »

D'accord, d'accord, n'ennuyons pas Fangio ! Pour ne plus penser aux voitures qui arrivent beaucoup trop rapidement dans mon champ de vision, je fais ma petite méditation personnelle : je m'entraîne à chanter en play-back en m'accompagnant des gestes qui font ma signature visuelle et qui me rendent digne de la lignée d'un Yves Montant ou d'un Michel Sardou.

Mes gestes sont précis parce qu'inlassablement répétés. Une vraie chorégraphie : la main sur le cœur, l'index pointé vers l'auditeur, le clin d'œil aguicheur et le sourire triste de l'homme qui n'a pas encore trouvé l'âme sœur mais qui continue de chercher parce qu'elle est peut-être là, devant lui, dans la salle, le tout en penchant la tête. Bref, toute la gamme.

*Je préférais ne rien te dire* (l'index fait non devant mes yeux)

*Car tous les mots étaient trop forts* (les deux poings sont serrés et bondissent en s'ouvrant comme si je jetais des paillettes au public)

*Il fallait éviter le pire*

*Parce que vois-tu, je t'aime encore…* (la main fermée part du cœur pour s'ouvrir)

*Du plus profond de mes délires* (les deux mains prennent le crâne et la tête fait non)

*Jusqu'au dernier jour de ma mort* (mains ouvertes tel le Messie)

*Tu seras dans tous mes soupirs*

*Parce que vois-tu, je t'aime encore…* (la main fermée part du cœur pour s'ouvrir vers le public)

« *Jusqu'au dernier jour de ma mort*… Ça ne veut rien dire mais c'est ma meilleure punchline », ricane Lydie.

C'est vrai qu'elle est absurde cette phrase, mais Lydie ne devrait pas en avoir honte. Comment peut-on méjuger de ce que l'on fait ? Comment avoir honte de sa propre production ? C'est ce qui nous sépare, ma fille et moi. Elle semble renier ce qui sort d'elle et moi je chéris mes petits talents. Je n'ai pas un « grand » talent mais le peu que j'ai me permet d'en vivre et de me sentir vivant. Comment ne pas en être reconnaissant ? Lydie, elle, semble toujours chercher un autre fauteuil plus confortable que celui qu'elle occupe.

Et maintenant le péage qui l'oblige à ralentir. Où vont toutes ces voitures un mardi matin ? Où iront tous ces gens quand ils seront vieux ?

Et ce jeune clampin qui lui prend son ticket et sa carte de paiement, comment en est-il arrivé à devoir faire ce métier morne et répétitif ? C'est un « Lydie » aigri ou un Hervé Vincent reconnaissant ?

« Ce serait pas la limousine d'Hervé Vincent, le célèbre Hervé Vincent ?! » s'exclame-t-il. C'est un Lydie, ils vont s'entendre.

« C'est bien mon gros, au moins tu sais lire, moi qui pensais que pour gagner ton salaire de misère il fallait à peine savoir compter. Fais gaffe, on t'exploite, t'es surqualifié. Et profite de ta place, tu dois être le dernier être humain qui fait ce boulot », répond ma fille en récupérant son ticket et sa carte bleue.

J'ai pitié de ces jeunes gens qui ne savent plus se réjouir pour eux-mêmes et pour les autres. Elle est belle ma camionnette. Et elle permet de quitter cette cahute pour d'autres cieux, elle. Longue vie à toi jeune ricaneur encastré.

# Chapitre 2

Petit con dans ta boîte de merde en alu. D'où tu me parles ? De ton guichet au péage ? C'était ça ton rêve ? Tendre la main et récupérer l'argent de ceux qui ont les moyens de partir, eux ? Tu te crois polyglotte parce que tu sais dire « merci » et « au revoir » en cinq langues ? J'en ai vu des centaines de bonshommes comme toi et je vous ai oubliés dans la minute. Mais tu seras le dernier que je verrai.

« Papa, faut vraiment qu'on prenne la carte Liber-t pour plus voir la gueule de ces empaffés du péage. Et on perdra moins de temps. »

Je sais bien que je roule trop vite. Et qu'il n'aime pas ça. Je roule vite parce que j'espère toujours le miracle qui m'attendra à la prochaine destination. La surprise qui changera tout, qui justifiera de s'être levée à 7 heures dans une chambre moche et impersonnelle et de se coucher dans un lit qui n'est jamais le même. Je suis naïve et optimiste, quoi qu'en pense le vieux.

Il me fait rire avec sa doudoune noire qui lui va comme du rouge à lèvres à Mère Teresa. Il est fait pour porter des costumes, mon père. Une veste, un pantalon à pli, une belle chemise, et c'est lui, le patron.

C'est parce qu'il se tient droit. Les vêtements mous, c'est parfait pour s'affaler. Mon père ne s'affale jamais, 70 ans et toujours de l'allure, il faut bien que je lui laisse ça.

Niort ! Il vaut mieux être de nulle part ou de Niort ? Certains noms de ville sont un voyage : Zanzibar, Valparaiso, Istanbul, New York. Même si on n'y a jamais mis les pieds, on a déjà des images. Mais les images de Niort ! Pas de ciel bleu, pas de gratte-ciel, pas de rues pavées, pas d'échoppes bigarrées, mais des cités grises, des pavillons à jardinets mal entretenus, et des magasins qui vendent des tabliers et des gaines pour vieilles femmes de ménage. Niort j'abhorre. Si un miracle m'y attend, ce sera vraiment un miracle.

On y a un petit rendez-vous professionnel post mortem, papa et moi. Hé oui, qui aurait cru qu'un possible pactole nous attendait dans cet Ehpad sinistre dont on avait raflé (dont J'AVAIS raflé) le contrat d'artiste annuel par défaut de présentation du magicien local le jour du spectacle de Noël ? Devant leur désarroi et leurs difficultés à trouver un remplaçant, j'avais demandé une somme rondelette qu'ils s'étaient empressés d'accepter. Et sans négocier en plus.

À notre premier passage dans cette maison des pas-encore-morts, je ne l'avais pas remarquée, cette Christiane Bachon qui avait demandé à venir en maison de retraite pour enfin voir du monde, paraît-il. D'autres têtes que celles de ses parents avec qui elle avait vécu toute sa vie à la ferme, et qui avaient été remplacées par celles de sa sœur et de son beau-frère quand ils avaient repris l'exploitation.

À notre passage suivant, l'année d'après, je l'avais repérée parce qu'elle riait beaucoup avec ses voisines. Je ne les aime pas les vieilles qui sont trop joyeuses. Elles me dépriment. La fois d'après, elle semblait déjà un peu moins jouasse mais encore trop jeune. Mais comme il n'y avait personne d'autre dont le profil ressortait avec évidence, et qu'elle avait hérité d'une partie des terres de ses ancêtres, m'avait-on dit, j'avais mis son nom dans le chapeau avec celui d'un vieux monsieur qui avait une chambre surchargée d'éventails. Ça peut valoir cher un vieil éventail.

C'est le nom de la vieille qui était sorti. Et papa avait été parfait, comme d'hab. En même temps, ça faisait déjà trois ans qu'on peaufinait son « super plus » : la tombola qui donnait toujours un gagnant. C'étaient eux, les vieux, les *winners* du spectacle, vu l'attente qu'ils avaient de son passage et la joie enfantine illuminant leur regard éteint, d'année en année. Et parfois c'était nous, quand j'avais eu l'œil pour repérer la vieille seule et sans famille à qui léguer sa petite cagnotte, qui voudrait récompenser le crooner à la hauteur du bonheur reçu.

Merde, pas de place libre devant ce putain de cimetière ! Je m'en fous, je me gare sur la place pour handicapés. Il faudrait vraiment que j'arrive à choper une carte officielle d'invalidité. À qui je pourrais demander ? C'est quand je me pose ce genre de questions qui commencent par « à qui » que je me rends compte qu'on ne connaît personne en dehors du personnel croisé dans les Ehpad que l'on visite. Cinq ans de « lui et moi contre le monde entier ».

À quoi je pensais quand j'ai frappé à la porte de sa chambre dans ce village breton le jour de mon anniversaire ? Je ne voulais plus être seule, ça c'est sûr. Et les petits boulots que j'enchaînais malgré mon diplôme cinq étoiles arrivaient à peine à me nourrir et à payer mon loyer, pourtant fort petit et proportionnel à la surface de mon studio. Comme tout le monde, j'étais arrivée dans la capitale avec l'intime conviction qu'elle serait gentille et accueillante avec la jeune et jolie provinciale que j'étais. Plusieurs de mes anciens camarades d'école y habitaient et je me disais qu'ils m'inviteraient bien à l'une ou l'autre de leurs soirées privées ou *corporate* pour me présenter leurs connaissances.

J'avais mélangé ma salive avec quelques-uns d'entre eux et, que je sache, ils n'en avaient pas forcément gardé un mauvais goût dans la bouche. Il faut croire que la Suisse leur semblait le bout du monde et une époque révolue puisqu'un seul d'entre eux m'avait rappelée. Sans doute parce que lui aussi cherchait un job et quelques recommandations. On s'était retrouvés comme deux cons dans un bar d'hôtel à éviter chacun de payer l'addition de deux mojitos trop sucrés et pas assez alcoolisés.

Après avoir compris que personne ne m'aiderait, j'ai accepté des boulots de vendeuse de fringues dont le seul stress est de plier les pulls dans le bon sens. Je ne suis jamais arrivée à copiner suffisamment avec mes collègues de cintres et de pliage pour qu'elles m'emmènent en boîte avec elles. Malgré ma bonne volonté pour m'intégrer dans leur cercle, je voyais bien qu'elles se méfiaient de mon humour sarcastique et de mes petites remarques sur les clientes. Elles devaient se dire que je faisais la même chose pour elles dans leur dos. Elles n'avaient pas tort.

Cinq ans à plier des pulls, c'est beaucoup, même pour quelqu'un sans ambition et sans passion comme moi. J'avais trop de soirées libres, trop de nuits en solitaire à ressasser le pourquoi du comment. Ma vie s'était rétrécie jusqu'à ne plus avoir aucune saveur. Mon imagination, qui est pourtant loin d'être débordante, m'a fait croire pendant toutes ces années que j'étais la seule de la famille à subir cette solitude rongeante.

« Famille », comment ai-je pu envisager ce mot, même mentalement ? Dans ce « groupe », il y a une femme qui fut mère jusqu'aux 10 ans de sa fille, un homme qui s'est forcé à être paternel à partir de ces fameux 10 ans, et une fille qui les déteste de ne pas se sentir aimée depuis ce moment-là. J'ai une idée précise de la fonction d'une mère : faire comprendre à son enfant que, quoi qu'il fasse, quoi qu'il pense, elle l'aimera et restera à ses côtés. L'unique boulot d'une mère, c'est d'aimer son gosse et de le lui faire savoir. On ne lui demande rien d'autre qu'une subjectivité absolue et un amour aveugle. « Je viendrai te voir en prison même si tu as tué un enfant handicapé orphelin et rescapé d'un bateau de migrants. Seule contre tous, je t'aimerai encore. » C'est ça être une mère.

La mienne s'est barrée sans m'emmener avec elle pour rester sexy aux yeux d'un cow-boy américain qui, j'en suis certaine, ne lui en demandait pas tant, et ne m'envoie qu'une carte de vœux par an. J'alterne depuis ce temps entre la volonté d'engager un Tchétchène pour lui casser les jambes et celle d'aller la voir en pleurant comme un enfant qui fait ses dents dans l'espoir d'un maous câlin.

Quant à papa, j'ai beaucoup fantasmé sur sa vie bohème de ville en ville et de bras en bras. J'ai frappé à cette porte bretonne comme on envoie un dernier message à sa meilleure amie avant de bouffer la boîte de médocs. Pour qu'elle nous empêche de les manger. J'ai prétexté une envie d'audit de sa petite entreprise pour m'incruster dans son programme. J'étais censé lui dire quoi ? Qu'à 30 ans mes parents me manquaient et que rien ni personne n'avait réussi à combler le trou gigantesque que j'avais dans le cœur ? Et que ce cratère dans lequel je tombais chaque soir, quand il fallait allumer la première lampe, me semblait de plus en plus profond et dangereux pour ma santé mentale ? Va pour l'audit, ce langage-là, il allait le comprendre.

Après quelques semaines d'observation, j'ai joué mon rôle de sale bête en lui disant que sa démarche de chanteur de charme au regard de velours comme sa veste, c'était gentillet mais qu'il n'y avait pas de quoi fouetter un vieux. Très vite, j'ai compris comment on pouvait optimiser ces « rendez-vous/concerts de 16 h 30 ».

C'est moi qui ai donné de l'ampleur à son gourbi avec cette idée de tombola. Je me souviens de sa tête quand je lui ai dit que le troisième prix serait un baiser sur la bouche. « Allez papa, tu ne vas pas en mourir et ça peut faire toute la différence avec tes concurrents. Tu vas devenir le Mick Jagger des couches-Confiance. Tu peux devenir mythique ! Et elles n'auront pas toutes une haleine de caisse de chat. »

J'avais tellement raison. Mais pour que ça décolle un peu plus financièrement, c'est le choix des vieux qui devaient gagner le premier prix qui fut primordial. C'est là que je l'ai scotché, le papounet. Hé oui, son dragon de fille avait l'œil pour repérer les âmes esseulées et susceptibles de le coucher sur leur testament. Depuis ce jour-là, si je suis encore à tourner en rond en France et dans ma chambre d'hôtel pourrie, c'est dans l'espoir de gagner, moi aussi, le gros lot un jour. Qu'on n'hérite pas, pour une fois, d'un champ ou d'un manteau de fourrure en zibeline, mais d'un bijou de famille qui vaudrait une fortune. Comme dirait Lara Fabian : « J'y croiiiiiis encoooore ! » J'attends aussi que ma colère passe. J'attends que mon envie de Tchétchène assassin me paraisse nulle et non avenue.

« Dépêche-toi papa, ils doivent déjà nous attendre.

– Je ne peux pas y aller comme ça !

– Non, mais grouille. »

C'est ça, enlève ta doudoune et enfile ma veste préférée. Un smoking en panne de velours. Quand il le met, personne ne peut rivaliser avec lui. Je crois qu'il l'avait déjà à la grande époque. Cet homme a la même silhouette depuis vingt-cinq ans. Tandis que je suis certaine que l'autre conne a grossi. Vingt-cinq ans aux States, elle doit être énorme.

« Croupion cuit, croupion cru, croupion cuit, croupion cru… Aide-moi à bien placer mes cheveux, Lydie. »

Le postiche ! Aussi noir que les vrais. Et il n'oublie jamais d'enfiler ses souliers vernis. Même pour aller dans un cimetière. Encore heureux qu'il ne pleuve pas. Niort sous la pluie, je me tire une balle.

Il enchaîne sur ses exercices d'articulations pour une diction parfaite comme le lui a appris sa professeure de chant qu'il avait choisie parce que c'était celle de Michel Sardou. « On peut penser ce qu'on veut de Michel Sardou mais c'est un chanteur dont on comprend toutes les paroles. » Il dit aussi qu'une diction précise est la marque des plus grands, comme un costume sur mesure parfait la silhouette. Il dit beaucoup de conneries, mon père.

« Allez, allez, grouille !

– Un dernier coup de peigne. Un chas-seur-sa-chant-chas-ser-sans-son-chien-doit-chas-ser sans-son-ch…

– On n'a pas le temps, magne-toi ! »

Je n'ai pas oublié la valise à roulettes dans laquelle j'ai rangé l'iPod spécial chansons maison et deux petits baffles très puissants, discrets mais élégants. Mais qu'est-ce qu'il fout ? Pourquoi il part dans la contre-allée de droite ? Il faut prendre celle de gauche.

« C'est par là ! crie-t-il.

– Mais non, tu ne te rappelles jamais rien, c'est là-bas ! Je le sais tout de même ! »

Je m'en fous, je prends mon chemin, il n'aura qu'à me rattraper.

Putain, on est vraiment en retard. Pardon messieurs-dames-du-dessous mais il faut vraiment que je prenne ce petit raccourci. Je remets le pot de fleurs, pas de panique ! Oups, pardon pour la croix ! Il est où le casse-bonbons ?

« Tu pourrais me faire confiance pour une fois, nom de Dieu ! » hurle-t-il de l'allée en parallèle.

Il est fou de crier comme ça.

« Te faire confiance ? À toi ?! Crève, dis-je dans un murmure sonore.

– Tu verras comme tu vas me regretter, ma pauvre chérie, quand ça arrivera.

– Te regretter ? Jamais de la vie…

– C'est ce qu'on dit, c'est ce qu'on dit jusqu'au jour où… »

Merde ! Je les vois. Eux aussi nous regardent. Je crois même qu'ils nous ont entendus. Calme-toi ma fille, sois digne. Pardon monsieur, je replace votre beau crucifix. « Albert Thomas » me dit votre tombe.

Longue mort à vous, monsieur Thomas. 1904-1957. Plus longue que votre vie en tout cas. Et vous avez de belles moustaches. Je ne m'attarde pas, je suis attendue pour donner un petit récital. Enfin pas moi : mon père, chanteur pour femmes finissantes. Tendez l'oreille si vous l'avez encore. La chanson est tarte mais mon père l'interprète avec cœur et émotion. Tiens, ils ne sont que trois cette année. Il manque une des sœurs. Mais le notaire est là, c'est le plus important. Les pauvres, ils doivent se geler vu notre retard. Mais elles ont l'air bien protégées, les mamies, sous leurs manteaux d'astrakan. Y en a même une qui a la toque assortie. C'est Monique, je parie.

« Je suis désolée maître, nous sommes un peu en retard, murmure papa.

– Bonjour Monique, bonjour Nicole, bonjour maître », je rajoute en tendant la pogne.

Et le daron qui leur fait un baisemain ! Le spectacle va commencer.

« Bonjour mesdames, c'est un réel plaisir de vous retrouver en ce lieu sacré et multiconfessionnel qui pourrait être triste et même sinistre s'il n'était pavé de souvenirs joyeux pour certains, de fleurs chatoyantes pour d'autres et, si j'osais, oui j'ose, de phrases immortelles jonchant certaines demeures que ne quitteront plus leurs locataires. Et même si les circonstances qui nous rassemblent ici marquent un anniversaire que je ne cesse de maudire, j'eusse aimé que nous arrivâmes plus tôt et que nous pûmes à loisir évoquer les innombrables souvenirs qui nous lient à votre sœur… euh… euh… votre sœur…

– Christiane, j'articule silencieusement.

– Voilà, à votre sœur Christiane ! L'émotion… dit-il avec un petit regard charmeur. Malheureusement les dieux de la route, ces nouveaux maîtres du temps, imprévisibles et sans pitié, en ont décidé autrement. Ils ont eu la bonté de nous garder en vie, certes, mais en nous dérobant au passage un bien précieux : la ponctualité. Oui, la ponctualité qui est l'apanage des rois… Monique, Nicole, et surtout toi, Christiane, qui nous manque tant, je réclame votre mansuétude, j'implore votre pardon… »

Le notaire s'agite. Maître Armand Debois, THE notaire de Niort, le célèbre Niotaire. Qu'est-ce qu'il a ? Une affaire plus importante qui l'attend ? Désolé mon pote, t'avais qu'à pas accepter la succession de la brave Christiane. À mon avis, t'as pas pu refuser parce que ce sont des gros propriétaires terriens dans la région. Et maintenant, va falloir patienter encore un peu. Dans trois ans, tu la connaîtras par cœur, la chanson.

« Si on pouvait se dépêcher, j'ai une vente à l'étude dans un quart d'heure…

– Vous y serez maître, ça va prendre cinq minutes », sourit papa.

En route pour la tombe de cette brave Christiane Bachon née en 1939 et morte en 2015. J'avais oublié les petites plaques funéraires en pierre grise et laiton qui disent qu'elle fut une tante et une sœur très aimée.

Bon, concentration maintenant. Papa va commencer. C'est ça, ferme les yeux, rassemble ton énergie… C'est parti.

« *La vie est éternelle à ceux qui savent aimer…* C'est incroyable de voir à quel point certaines phrases peuvent prendre de la profondeur quand elles sont gravées dans le marbre. N'est-ce pas Lydie ? »

Aux States, ils ont le Hall of Fame et mon père, il retrouve ses phrases sur les pierres tombales.

« On peut procéder ? insiste maître Debois.

– Procédons, Maître, procédons… »

Les sœurs Bachon sont déjà en larmes. Elles mouchent et reniflent. C'est bon, ça.

À moi de jouer. J'ai ouvert discrétos la valise pour en sortir l'iPod et les baffles que je dépose délicatement sur la tombe de cette brave Christiane. Et maintenant, lancer le playback.

Papa demande à Monique et Nicole de se placer à ses côtés afin qu'il puisse leur prendre la main. Ça fait déjà deux ans qu'on rejoue la même scène à la même date, et à chaque fois, on a l'impression que c'est la première fois pour tout le monde : la vedette semble découvrir l'intensité du moment, le notaire s'impatiente dès le départ, et les sœurs – moins une cette année – rejouent les fans énamourées comme si c'était leur première rencontre avec la star. Ça y est, on rentre dans le dur : chorégraphie des mains. *Parce que vois-tu je t'aime encore… Jusqu'aux derniers jours de ma mort…* Alors Christiane, heureuse ?

Ah, mais Super Notaire l'interrompt, le nez dans ses papiers. C'est quoi le problème, cette fois ?

« Je suis désolé, mais il est précisé dans l'acte que j'ai sous les yeux que vous devez chanter pour de vrai et non en play-back, ce qui ne semble pas être le cas.

– Ce n'est pas grave maître », larmoie Monique, la plus âgée des deux sœurs, celle qui a une toque assortie à son manteau-trois moutons turcs sont morts pour l'ensemble paletot et couvre-chef.

« Ce n'est pas grave », renchérit Nicole, pourtant moins protégée du froid que sa sœur.

J'ai arrêté la musique. L'artiste n'est pas content. Du haut de son mètre quatre-vingt-sept, il regarde avec colère et mépris l'homme des ouvertures-de-documents-qui-peuvent-changer-les-vies.

« Je trouve votre remarque fort désobligeante, Maître.

– Je suis désolé. En tant que public, j'aurais sans doute été conquis, mais en tant que notaire, je me dois de… »

Et moi je me dois de donner quelques précisions qui vont le remettre à sa place, ce petit Trump des provinces.

« Mon père ne chante pas en play-back, monsieur. Il y a certes sur la bande une voix déjà enregistrée, mais mon père chante réellement par-dessus. C'est un procédé utilisé par les professionnels de la profession tant en concert qu'à la télévision et qui permet de donner à la voix un relief naturel…

– Même Michel Sardou le fait. Mais lui, vous ne seriez pas allé lui dire qu'il chantait en play-back ! s'exclame la diva des cimetières. Remarquez, vous n'êtes pas le premier et vous ne serez pas le dernier à être plus impressionné par la notoriété que par le talent.

– Je suis désolé, mais il va falloir que j'y aille, alors si on pouvait…

– Alors cessez de m'interrompre et cessez d'être désolé, c'est exaspérant ! Ce moment est assez pénible pour tout le monde, finissons-en une bonne fois pour toutes. Lydie, ma chérie, musique s'il te plaît.

*Je préférais ne rien te dire*
*Car tous les mots étaient trop forts*

*Il fallait éviter le pire*
*Parce que vois-tu, je t'aime encore...*

*Du plus profond de mes délires*
*Jusqu'au dernier jour de ma mort*
*Tu seras dans tous mes soupirs*
*Parce que vois-tu, je t'aime encore...* »

Il termine sa chanson en s'agenouillant. Les sœurs Bachon sont des fontaines.

« Il est stipulé que le cérémonial doit se conclure par l'offrande de la rose que vous avez coutume d'offrir à votre fan préférée lors de vos galas », ânonne Maître Debois qui semble regretter d'avoir oublié son écharpe dans sa voiture. Encore deux minutes et il aura la goutte au nez.

Je sors une magnifique rose rouge stabilisée de la valise et je la tends à mon père qui embrasse la fausse fleur avec déférence, et la dépose sur la tombe. Puis, fier du travail accompli, il se relève en grimaçant, époussette ses genoux et se dirige vers le notable vieillissant, lequel lui remet une enveloppe remplie de billets de 50 euros. Y a plus qu'à les compter.

« Ne vous inquiétez pas, le compte y est, 1 500 euros, énonce l'homme de loi d'une voix pincée.

– J'ai confiance mais peut-être avez-vous parfois les doigts qui collent », répond papa.

Dialogue éternel entre le producteur et son artiste. On a retrouvé une mosaïque qui disait la même chose à Pompéi.

« Signez ici. Je vous envoie le reçu à quelle adresse ?

– Voyez ça avec mon assistante, répond-il en me désignant.

– Nous aussi on peut avoir un petit autographe ? minaude Monique, la complète astrakan.

– Bien sûr mesdemoiselles, sourit-il tout en sortant son vieux stylo Montblanc que je lui ai toujours connu.

– C'était tellement beau quand vous chantiez tout à l'heure, Christiane aurait voulu voir ça.

– Mais elle l'a vu, Nicole, elle l'a vu, assène sa sœur avec une conviction qui frise la dévotion.

– En tout cas, monsieur Vincent, j'ai pleuré comme l'année dernière. »

Pendant ce temps, je ne perds pas de vue la raison de notre venue.

« Et pour le champ ?

– Votre père Bernard Verrat dit Hervé Vincent se doit durant encore deux années consécutives et à cette même date anniversaire de réitérer ce cérémonial. Ce n'est qu'au terme de ce délai que lui sera attribué de manière définitive le champ de Christiane Bachon, 5 chemin des Tropinettes à Mondé-le-Front… »

Il est interrompu par deux coups de feu qui viennent d'être tirés à l'extérieur du cimetière. On entend une vitre qui éclate, et une alarme se met à hurler. Je ne sais pas pourquoi mais je sens que c'est pour nous. L'année dernière, déjà, j'avais remarqué deux péquenauds qui n'avaient pas voulu s'approcher de la tombe pendant que papa chantait malgré les petits signes que leur faisaient les trois femmes. Et dans l'allée, sur le retour, j'avais cru comprendre qu'ils auraient bien aimé toucher deux mots à la vedette. Deux gros mots, si ma mémoire est bonne. Mais les sœurs s'étaient énervées et ils s'étaient cassés sans nous dire au revoir. Ils sont venus nous dire bonjour cette fois.

« Oh ! Les cons ! Les enfoirés de bouseux ! Si jamais… Ils vont me le payer, je te jure !! » je hurle tout en me ruant vers l'entrée du cimetière. Pas pratique de courir avec la valise sans abîmer son contenu. Papa a l'air de me suivre.

« Faites attention, monsieur Vincent, ils sont dangereux ! C'est des animaux ! » crie Monique.

En sortant du cimetière, la première chose que je vois, c'est la portière du côté passager sérieusement endommagée, et la vitre qui a volé en éclats.

Il y a un gros porc en salopette juste à côté de la camionnette. Il tient un fusil dans la main ! Et du côté conducteur, un autre gros bonhomme rougeaud brandit une fourche. C'est bien ce que je craignais :

les mêmes que l'année dernière. Mais ils sont saouls, ma parole !

« Pédé de chanteur, tu crois que c'est avec tes manières d'ensorceleur que tu vas nous piquer la terre des anciens ?! Face de raie ! Espèce de salaud ! éructe celui qui tient le fusil.

– On t'avait dit de jamais revenir. J'vais te saigner comme une truie ! Tu veux chanter ? Tu vas chanter, je peux te le dire, moi ! » rajoute celui à la fourche.

Mais c'est quoi ce cauchemar ? Tout ça pour un pauvre champ ? Ils sont dingues dans ce bled.

Sauvés nous sommes ! La cavalerie arrive toutes sirènes hurlantes.

Les pandores qui en descendent et qui interviennent sans peur ont le même âge que les deux haineux. Visiblement, ils les connaissent très bien.

« Marcel, George, arrêtez vos conneries ! Tu sais où ça peut te mener ta pétoire, Marcel ? Au trou, point final. Allez, range ton joujou. Au lieu de régler tes problèmes, ça va t'en faire avoir.

– Qu'est-ce qu'il faut faire, alors ? On doit baisser notre froc sans rien dire ? Elle avait toujours dit qu'elle nous donnerait le champ, tata Cricri.

– Tu n'y peux rien, George. La loi, c'est la loi, continue le gendarme. Ta tante, si elle a refilé son champ au ménestrel à perruque, c'était son droit. Je ne te dis pas que je comprends, je te dis que c'est la loi. Elle l'aurait refilé au président de la République ou à Tom Cruise, c'était pareil. Les dernières volontés d'un défunt, c'est sacré, et c'est tout ce qu'il lui reste pour nous emmerder quand il n'est plus là. »

Les deux sœurs, à pas de vieille et accompagnées du notaire, sont, elles aussi, sorties du cimetière. Prudent, l'homme de loi a filé à l'anglaise en découvrant la situation tendue. Mais les seniors, elles, entrent à corps perdu dans la mêlée. Elles sont burnées les mamies !

« Marcel, George, arrêtez espèces de barbares ! Ah, si votre tante vous voyait ! Honte à vous ! Vous ne respecterez donc jamais rien ! Même pas le repos éternel ? Vous irez au diable…

– Mais tata Nini, le champ quand même… »

Nicole se moque en imitant la voix geignarde de son neveu :

« Tata Nini ! tata Nini ! Regarde-le, l'autre grand nigaud… »

Et Monique, madame double astrakan, qui rajoute :

« Et puis quoi ! Le champ, vous ne pensez qu'à ça, votre champ ! Mais la poésie, ça, ça vous dépasse ! Monsieur Vincent, lui, il l'a fait vibrer votre tantine, il l'a tenue heureuse jusqu'à son dernier souffle. Ça a de la valeur, ça ! C'est pas avec vos histoires de betteraves et de foires à bestiaux que vous l'avez fait beaucoup rêver, la Christiane, hein les garçons ! Vous pourriez être un petit peu reconnaissants. Si votre mère vous voyait… »

Elle se signe à nouveau. C'est pour ça qu'elle n'est pas là cette année, la troisième sœur…

« Vous savez ce qu'elle a dit, votre tante Christiane, avant de s'éteindre ? Non ? Eh bien, je vais vous le dire moi. Elle a dit "je pars l'âme sereine, je reste mais je m'en vais, n'ayez pas trop de peine, la vie est éternelle à ceux qui savent aimer", sanglote Nicole. Et vous savez de qui c'est, ça ?

– C'est de moi », veut dire papa. Mais aucun son ne sort. Il retente. Mais rien, pas même un filet de voix.

Du coup, Monique, qui n'a pas remarqué la tentative de son idole, continue :

« Pas étonnant qu'on devienne sensible aux arts et à la belle musique avec des lourdauds pareils à la maison. Hervé Vincent, c'est notre air frais. Ça vous dérange qu'on puisse un peu respirer et penser à nous pour les quelques années qu'il nous reste à vivre ? Et si Monsieur Vincent accepte le champ de notre sœur, on en sera fières et honorées, en mémoire de Christiaaaannne qui… » Elle ne parvient pas à terminer sa phrase et trompette dans son mouchoir.

Maintenant que l'hystérie collective est retombée, les deux bouseux, la tête basse mais le regard toujours mauvais, rengainent leurs armes et remontent dans leur 4×4. Les gendarmes eux aussi s'apprêtent à quitter les lieux. Mais j'ai une dernière question :

« Et nous, au niveau des dégâts sur notre camionnette, qui est aussi notre outil de travail, je précise, vous nous conseillez plutôt de porter plainte ici ou à la préfecture ?

– Moi, je vous conseillerais plutôt de décamper fissa, répond sèchement un des bleus, à moins qu'un contrôle inopiné de votre véhicule vous tienne à cœur. On pourrait trouver des substances illicites sous une banquette si vous y tenez. Vous savez, avec les gens du show-biz, ça n'étonnera personne…

– Et de toute manière on est pressés, alors je crois qu'on va y aller… dis-je en rangeant le matos dans le coffre.

– Oui, d'autant qu'ici c'est un stationnement réglementé, dit-il en pointant le panneau "si tu prends ma place…". Il faudrait voir à circuler ou je vais être contraint de verbaliser. »

J'ai compris le message.

« Dépêche-toi, papa. On se casse ! »

Celui-ci, toujours en service commandé, joue le joli cœur auprès des deux sœurs. D'une voix d'ermite qui recommence à parler après vingt-deux ans d'abstinence, il croasse :

« Merci mesdames, vous m'avez sauvé la vie et je vous en serai éternellement reconnaissant. Je vous quitte le cœur lourd et l'âme en berne, mais avec l'espoir que l'année qui vient soit soudainement écoulée pour que nous nous trouvions déjà le 16 février de l'année prochaine, oh jour béni qui marque nos retrouvailles tant attendues… »

Et, tel Frank Sinatra rejoignant sa loge après un show à Las Vegas, il monte dans notre cheval de feu.

« Quel galant homme ! Quel aamouuuur !! s'extasie Monique.

– Mademoiselle… Tu te rends compte, il nous a dit “mademoiselle” ! J'aurais eu dix ans de moins, je n'en faisais qu'une bouchée. Au revoir monsieur Vincent ! crie-t-elle une dernière fois.

– Au revoir mon Prince… »

Mais on a déjà tourné le coin.

Et ça va moins susurrer. En fait, je suis folle de rage. C'est moi ou j'ai comme l'impression que j'étais très seule face aux deux dingues ? Je rêve ou il n'a pas pipé un mot pour les calmer ? Il se serait passé quoi si les flics n'étaient pas arrivés ?

« Tu t'es vu ? Non mais sans déconner, tu t'es vu ? Mon père, celui qui est censé me protéger ! En te planquant derrière moi pour ne pas te faire canarder, t'as pas souillé ta couche ? »

Il évite la discussion en invoquant son aphonie, ce qui a le don de m'énerver encore plus.

C'est étrange comme la nature nous permet d'encaisser les humiliations pendant des jours et tout d'un coup les digues pètent et la déferlante balaie tout. Chez moi, les vagues forment un tsunami de haine. J'explose comme un furoncle sous les doigts d'un ado. Je veux lui faire aussi mal que mon sentiment de solitude me tord les boyaux.

Il y a cinq ans, quand j'ai décidé de quitter Paris pour le rejoindre dans sa tournée des vieux, je ne savais pas vraiment ce que je voulais mais je savais que j'avais besoin de le voir, lui, et qu'il me voie, moi. Je n'en pouvais plus de me sentir orpheline. Malgré mes 30 ans, malgré mes années de pensionnat, je n'avais pas réussi à tisser de liens durables avec quiconque. J'avais des connaissances, et même des copains, et parfois des petits copains, mais personne à qui j'étais indispensable, personne qui recherchât ma présence dans une foule. J'allais crever si je ne rencontrais pas ce regard-là. Je m'étais dit qu'avant de le chercher chez les autres, il fallait que je sois certaine qu'il existe dans les yeux de mon père.

Aujourd'hui, je ne sais plus si la tête de pioche que j'étais voulait avoir la confirmation que les yeux de mon père ne me chercheraient pas si je disparaissais, ou si son regard sur moi empêcherait ma disparition. Ce dont je suis certaine, c'est que depuis cinq ans, c'est moi qui veille sur lui et qui ne le quitte pas des yeux quand il est sur scène. C'est mon regard qui le rassure, et pas l'inverse. Je suis celle-qui-accompagne-Hervé-Vincent. Je suis l'ombre de son ombre. Je suis aussi sa régisseuse-chauffeuse-comptable-habilleuse. C'est évidemment moi qui vais la réparer, cette putain de portière ! Il ne lèvera pas le bout d'une fesse pour m'aider à combler le trou de la balle de l'autre sauvage avec le rouleau de plastique que j'ai toujours au fond du coffre. Lydie peut faire ça aussi, en plus de la conduite, du repassage de ton costume, du brossage de ta moumoute et du « rangeage » de tes accessoires. Lydie va le faire mais tu en paieras le prix, mon vieux ; tu vas entendre mon mépris et ma haine vis-à-vis de ta lâcheté qui m'a laissée dans un pensionnat pendant huit ans.

Huit ans à être pauvre au milieu des riches, à devoir inventer des vacances dont je m'inspirais dans les magazines people. Ah çà, j'en ai fait du ski nautique avec Jean Dujardin au cap Ferret ! Et les soirées au coin du feu avec les fils de Bernard Arnault, à Aspen ! Une année, pour ne pas me faire prendre à mes propres mensonges, j'ai même étudié le plan des pistes de Courchevel et le nom des restos de montagne et leurs spécialités. Tu m'étonnes que j'aie une bonne mémoire et que je me souvienne des noms des aides-soignants de la moindre maison de retraite de Trifouilly-les-Oies ! J'ai la mémoire des imposteurs. Tu vas le recevoir dans la gueule, le pus blanc qui jaillit.

« Merci pour les renforts face aux deux veaux. Même les deux mamies ont eu plus de couilles que toi ! Tu m'étonnes que maman se soit barrée. Une lâcheté pareille, ça fout les jetons. À ce niveau-là c'est une maladie, c'est incurable, c'est même contagieux ! Voilà, on a l'explication : elle s'est jetée sur le premier venu, ma génitrice, pas parce qu'il avait du pognon, mais parce que c'était pas toi ! Tout plutôt que finir ses jours en se faisant chevaucher un week-end sur deux par le dernier des crevards. Ça fait pas rêver, un lâche. Une femme, elle a besoin de se sentir possédée par un lion, par un prince du désert, pas par un steward de chez Ryanair. Un prince du désert, non mais regarde-moi ça... Elle a dû rester souvent en panne de septième ciel, maman, le nez planté dans l'oreiller, à attendre que papi crache son yaourt. »

J'ai fini de réparer la portière. On va pouvoir repartir. Il ne dit rien, évidemment. Mais moi je n'ai pas terminé.

« Putain... T'aurais fini par lui pisser dessus dans ton sommeil au moindre cauchemar. Elle rêvait de mieux, forcément. Je la comprends, j'aurais dû partir avec elle. »

## Chapitre 3

C'est vrai que tu aurais dû partir avec elle, Lydie. C'est vrai qu'elle aurait dû t'emmener. Qu'elle me quitte, moi, je pouvais le comprendre. Mais sa fille ! Est-ce lui qui a dit qu'il la voulait seule ou est-ce elle qui a en pris l'initiative ? « Je ne suis que femme, je ne suis faite que pour l'amour charnel. Non, mon corps n'est pas celui d'une mère. » Elle devait effacer l'image.

On avait encore la maison à l'époque. Ça tanguait de partout et les huissiers avaient leur rond de serviette à la cantine de l'entreprise, mais on rentrait chez nous le soir. Enfin, moi je rentrais. Elle n'arrêtait pas d'avoir des rendez-vous après 18 heures. « Pour garder la boîte, sombre crétin ! J'essaye de sauver ce qui peut encore l'être ! » Je ne sais plus si je la croyais ou si j'avais déjà démissionné.

De mon côté, je faisais des allers-retours à l'usine. C'est Matoune qui gardait la petite. Cette vieille

Niçoise adorait notre fille. En voilà une au moins qui a pleuré quand elle a été séparée de sa pitchoune. C'est elle qui m'a annoncé un soir, au retour du boulot, que Carine avait pris ses affaires. Toutes ses affaires. Et le Grammy Award de Ray Charles. Sur le moment, c'est ce qui m'a mis le plus en colère. Matoune m'a rapporté qu'elle avait dit bonsoir à la petite en lui expliquant qu'elle partait en vacances pour quelques jours et qu'au retour, elle lui rapporterait un joli souvenir. Elles sont longues, les vacances. Et les souvenirs, Lydie a dû se les fabriquer toute seule. Et c'est moi qui suis lâche ? Je ne t'ai jamais menti, moi. Je ne suis jamais parti en vacances sans toi, ma fille. Elles étaient peut-être moches, mais on les prenait ensemble. Je ne t'ai peut-être pas laissé de jolis souvenirs, mais je suis resté en poste. Si j'avais pu garder Matoune, je l'aurais fait. Mais je n'avais plus de maison, pas de perspective, un mur de dettes et une estime de moi qui tenait dans la poche. J'ai mal fait mais j'ai fait. J'ai mal expliqué mais j'ai parlé. Quand vas-tu comprendre que tu ne peux pas nous haïr autant l'un que l'autre, Lydie ?

Au moment de notre rencontre, ma pas-encore-femme était hôtesse d'accueil chez Universal. Une belle rousse plantureuse qui n'avait pas sa langue dans sa poche et des yeux qui vous regardaient en disant « Essaye, et tu verras ce que je te réponds ». Et moi, j'ai eu envie de voir ce qu'elle allait me répondre. On formait un beau couple : très grands, altiers, madame qui semble être une amazone gouailleuse et monsieur qui porte beau sans la tchatche qui va avec en général. C'est bien plus tard, que j'ai appris à charmer mon monde.

À l'époque, je voulais simplement que les choses soient faciles, que le business roule, que ma femme m'aime et, si possible, qu'elle m'admire. Pourquoi ? Comment ? C'était déjà trop de questions. On bossait dans l'industrie du disque : on fabriquait les vinyles. J'avais deux usines qui tournaient à plein régime. Les chanteurs vendaient des brouettes de disques à l'époque. Le disque d'or était à 500 000 exemplaires. Les particuliers, les cafés, les DJ, tous faisaient tourner les platines jour et nuit dans leurs juke-box, leurs boîtes de nuit, ou sur leur Teppaz. Maintenant qu'il n'y a plus vraiment de cafés, plus du tout de juke-box et que les boîtes de nuit disparaissent du paysage, où les gens s'amusent-ils et fredonnent-ils leurs tubes préférés ?

On est arrivés ? Elle a fini de crier ? Elle s'est encore garée sur une place pour les handicapés.

« Les handicapés ne viennent pas visiter les vieux en fin d'après-midi. Reste là, je vais voir où est cette Bidart.

– MADAME Bidart.

– Bidart, vous avez dit Bidart... » dit-elle en claquant la porte.

J'ai calculé que j'ai donné 223 « concerts » l'année dernière. Pourquoi je mets des guillemets quand je parle de concert ? La dépréciation de ma fille déteindrait-elle sur moi ? Je suis très fier des récitals que je donne. Parce que je donne. Je donne tout ce que j'ai et de tout mon cœur pendant une heure. Pas plus longtemps sinon ils s'endorment. C'est pour ça que je chante à 16 h 30 après le goûter, ou en fin de matinée. Qu'est-ce que je suis content de ne plus m'occuper des formalités depuis qu'elle est là. Si le prix à payer pour ce confort de vie est de se faire engueuler pendant deux heures tous les trois mois, je prends. Moi, ce que je sais faire sans effort, c'est le joli cœur devant les directeurs des établissements : « Et merci de me recevoir, et quel bel établissement vous avez, j'en connais peu d'aussi bien tenus ! Et où est ma chambre ? On mange à quelle heure ? Vous pouvez me redire comment on arrive à la cantine du personnel ? » Je dois être une des seules personnes au monde à aimer l'odeur de la javel mêlée à celle du mauvais café tiré des machines à café placées dans tous les établissements de plus de 50 salariés. Je n'en ai même pas marre d'entendre la voix de Laurent Romejko dans « Des chiffres et des lettres ». On fait pratiquement le même métier tous les deux : celui d'occuper les vieux l'après-midi. Sauf qu'il est mieux payé que moi et qu'il dort dans son lit tous les soirs.

Elle doit être en train de raconter qu'on est en retard parce qu'on a eu un rendez-vous avec Michel Drucker. Elle dira quoi quand Drucker sera mort ? Qui mourra en premier, lui ou moi ? Je ne sais pas si j'ai envie d'un monde sans Michel Drucker. Je me souviens avoir porté le deuil quand Yves Montand a passé l'arme à gauche. Je crois que j'ai acheté mon smoking en velours à ce moment-là. J'avais hésité à prendre aussi le haut-de-forme pour que l'hommage soit total mais Carine m'en avait dissuadé. J'étais encore patron de ma boîte et elle avait tout le temps peur que je me ridiculise. J'étais trop élégant, disait-elle, plus que les artistes et ce n'était pas normal. Elle n'a jamais compris que mes costumes et mes chemises sur mesure, c'était mon mascara et mon fond de teint à moi. J'adorais la voir se maquiller dans la salle de bains, ce léger abandon grimaçant quand elle mettait du crayon sur ses yeux, cette bouche tordue pour poser le rouge à lèvres sans dépasser, juste avant de partir à la conquête du monde. Je me disais que c'était un privilège d'être autorisé à assister aux gestes secrets de la féminité, elle qui se voulait parfaite tout le reste de la journée. Celui qui voit une très belle femme au saut du lit, le visage nu, est l'homme le plus chanceux du monde. Cette femme-là, en lui permettant de la voir sans son armure, clame à l'univers que l'élu de son cœur est l'homme qui partage sa salle de bains…

Lydie a eu raison d'instaurer ce petit mystère de ma venue. C'est mieux que les pensionnaires ne me voient pas avant le show. Je reste ainsi une apparition, un mirage qui n'existe qu'en tant que chanteur de charme. L'aura de l'artiste. Michel Sardou l'a très bien compris. Tiens, elle revient déjà.

« Je leur ai dit qu'on avait eu un gala pour EDF hier soir et qu'on avait rencontré Drucker ce matin. Fais pas de gaffe.

– La routine. »

« Je crois que vous ne connaissez pas nos nouvelles chambres qui répondent parfaitement aux normes d'hygiène et de sécurité. C'est un grand plus pour la maison. Cela peut paraître un peu froid, mais nos pensionnaires peuvent les aménager comme ils l'entendent. Certains en ont fait des lieux très coquets où il fait bon vivre. »

Si elle le dit. Elle a l'air gentille cette madame Bidart dans son faux tailleur Chanel qui bouloche. Il paraît que madame Willocx est morte l'année dernière. Je l'aimais bien, madame Willocx. Elle assistait toujours au spectacle et elle allait chercher elle-même ceux qui ne voulaient pas quitter leur chambre. J'espère que cette madame Bidart fera pareil. Elles se ressemblent toutes, ces chambres d'Ehpad ; elles sont impersonnelles, couleur melon pas sucré, avec un lit qui vous crie que cet objet-là n'est pas un lieu de plaisir mais DE REPOS, et si possible de repos éternel dans pas trop longtemps, surtout si vous êtes incontinent, parkinsonien ou avez un alzheimer. Un turn-over rapide est très souhaitable dans cette branche.

« Et, grande nouveauté : plus de baignoires mais des douches antidérapantes. Ainsi, nos pensionnaires peuvent se laver dans…

– L'hygiène et la sécurité ! clame Lydie.

– Oui, c'est cela même, termine la sous-directrice. Bon, je vais vous laisser. Monsieur le directeur m'a dit qu'il viendra vous saluer dès qu'il en aura fini avec son rendez-vous.

– Nous ne bougeons pas, répond ma fille. Je passerai moi-même vous voir après sa visite, comme je le faisais avec madame Willocx. Pour que l'on vérifie ensemble le déroulement des opérations.

– Je vous attends dans mon bureau. »

Tiens, elle met du *Shalimar*. Un tailleur plouc mais un parfum chic, elle a tout compris madame Bidart. Il reste un peu d'elle après son départ, et ce peu d'elle est plus élégant qu'elle tout entière.

« Maintenant nos chambres sont aux normes d'hygiène et de sécurité et gnagnagna. Pauvre conne, je préfère mourir dans ma crasse plutôt que dans sa javel, s'écrie le soleil de mes jours en s'affalant sur le lit.

– T'auras pas le choix. Ils me font rire, ces gens qui prévoient de vieillir avec leurs copains dans des résidences cinq étoiles, chouchoutés par une jolie infirmière qu'ils auront auditionnée en rigolant. Être vieux, c'est ne plus avoir d'amis et ne plus reconnaître personne, même soi-même. Tant que tu sais encore qui tu es en te regardant dans le miroir, tu es sauvé. Et tant que tu pisses debout ! J'ai décidé de ne me considérer vieux que le jour où je trouverai plus confortable de pisser assis plutôt que debout.

– Ça va mieux ta voix, non ? C'est pas un truc que tu perdrais quand t'as intérêt à te taire ? »

On frappe à la porte. Sans qu'on ait eu le temps d'inviter à entrer, celle-ci s'ouvre avec fracas sur le directeur de cet établissement cinq étoiles selon les normes d'hygiène et de sécurité. Il est sympa, ce directeur. Cinquante-cinq ans, le bon sourire du type qui ne cherche pas à se compliquer la vie, qui la rendrait même plus facile, des yeux bleus tout ronds et grands ouverts, une coupe de GI américain et une petite bedaine qui ne l'empêche pas encore de voir son niveau d'érection quand il est tout nu. Là, tout de suite, il est en cravate et en chemise à manches courtes. Et il sent le déo Mennen. Madame Bidart aurait des choses à lui apprendre.

Quand j'étais dans la force de l'âge, je portais *Drakkar Noir* de Guy Laroche. Épicé et entêtant, disait Carine. Tout ce que je n'étais pas. Aujourd'hui, je préfère *Habit Rouge* de Guerlain. Chic mais discret. Lydie s'en fiche de mon odeur. J'aimerais pourtant qu'une femme me murmure encore à l'oreille que je sens bon.

« Mes chers amis, depuis le temps que nous attendions votre visite ! Ça fait quoi, trois ans déjà ?!

– Eh non, monsieur Rompti, deux ans. Nous faisons le tour de France et de Belgique en deux ans. Moins vite que les cyclistes, mais moins dopés aussi, sourit ma fille.

– Alors, c'est le temps qui m'aura semblé long sans vous. Vous verrez que, hélas, certains de nos pensionnaires ne sont plus là ; comme cette charmante madame Labour, qui avait gagné votre tombola. Ce fut d'ailleurs un de ses derniers plaisirs. Mais les autres meurent d'impatience ! » Il est content de son bon mot. « Avec vous je me lâche, ajoute-t-il. Et les plus impatients sont peut-être ceux qui ne vous connaissent pas encore.

– Ça existe ? je demande. Madame Labour… ça me dit quelque chose…

– La Twingo rouge, articule Lydie en silence.

– Ha oui, madame Labour ! Que c'est dommage ! »

On l'avait revendue pour 4 000 euros, cette petite Twingo qu'elle gardait dans un garage depuis sa mise à la retraite. Douze ans mais seulement 7 000 km au compteur.

« Nous avons en ce moment 45 pensionnaires : 31 femmes et 9 messieurs, continue Jolis-Yeux-Bleus. Certains sont encore alertes, pour d'autres c'est plutôt l'alerte !

– Amenez-les tout de même au spectacle demain. On est souvent étonné du bien-être que procure la gaîté d'un artiste. Un second souffle, dit ma fille qui ne perd jamais le business de vue très longtemps.

– C'est vrai, je me rappelle vos délicates attentions pour ce public fragile. Comme si vous deviniez ce qui leur fait plus particulièrement plaisir.

– Mais nous le savons puisque je me renseigne toujours auparavant, déclare Lydie. C'est cela la “Hervé Vincent's touch”, monsieur Rompti. D'ailleurs nous n'avons pas changé ; il faudra m'indiquer les noms de ces personnes fragiles afin que j'aille les voir pour connaître leurs desiderata. Peut-être les derniers…

– Sans oublier, bien entendu, notre public plus vaillant, je rajoute.

– Bien entendu ! dit Lydie.

– Bien entendu ! Eh bien, c'est formidable, je m'en réjouis d'avance, conclut Herr Direktor. Pour l'intendance, voyez tout ça avec madame Bidart. Monsieur Vincent, miss Lydie, je vous salue et à demain. »

Et, hop ! Il est parti.

« Ah s'ils étaient tous comme ça, soupire Lydie. Installe-toi, je vais voir la vioque. Oh pardon, MADAME la vioque. »

Et elle aussi quitte la pièce. Il faut que j'aille aux toilettes.

# Chapitre 4

Je me rappelle avoir lu dans le magazine *Society* un article sur ce que l'aménagement de notre lieu de travail dit de nous, vu qu'il est souvent notre deuxième maison, voire la première et la seule pour tous ceux qui sont indépendants, cadres de grandes entreprises américaines, ministres ou sous-ministres, vizirs tendant à vouloir être calife à la place du calife ou artisans, toujours dixit l'article.

Le bureau de la Bidart est sinistre, froid et impersonnel ; on se croirait dans une chambre de son établissement. Beaucoup trop propre, on pourrait y manger par terre, comme dit toute parfaite maîtresse de maison pour justifier ses trois heures de ménage quotidiennes. Mais qu'on le lui dise une bonne fois pour toutes à la ménagère que personne n'a jamais eu envie de manger par terre, même sur un sol impeccable, et qu'elle aille se faire épiler à la place ! Manger sur une femme nue, c'est ça qui doit être intéressant.

Tiens, il y a un grand dessin naïf à la manière des enfants qui veulent s'appliquer (ou alors elle a poussé le vice jusqu'à faire faire cette œuvre par une classe de maternelle dans le cadre de la journée « viens voir le métier de maman »). On dirait un arbre avec des photos de personnes âgées posées sur les branches et d'autres photos placées sous ses racines, dans la terre.

« Accrochés aux branches, ce sont nos pensionnaires actuels et dans la terre, ce sont ceux qui nous ont quittés cette année. C'est la petite touche personnelle que j'ai apportée. On aime tous marquer notre territoire, n'est-ce pas ? me demande-t-elle avec un regard de chien qui quémande une caresse.

– Comme les chiens, je réponds d'ailleurs. Bon, cet après-midi, vous me conseillez d'aller voir qui, madame Bidart ?

– Mesdames Onfret et Rigodet, et monsieur Ramones. Ce sont les aînés de notre établissement, me dit-elle en pointant de son doigt boudiné et bagué les photos de deux momies et d'une tête de raisin sec. Les plus fragiles aussi. Si vous parveniez à leur donner envie de descendre demain après-midi, ce serait miraculeux.

– Je ferai de mon mieux. Le personnel mange toujours à 20 heures quand tout le monde est couché ?

– Tout à fait, quelle mémoire ! Et le petit-déjeuner est à 8 heures. C'est Aziz qui vous aidera à tout mettre en place.

– Il est toujours là, lui ? Il faudra bientôt lui préparer une chambre.

– Oui, je ne sais pas, peut-être », répond-elle. Mais je sens que je l'ai choquée. Elle n'a pas envie d'Arabes dans son établissement ? Serait-elle raciste, la petite madame Bidart ? Non, je ne peux pas le croire ! Elle enchaîne : « Je vais demander à Samira de vous accompagner pour les visites. Je ne vous retiens pas. »

Et elle me montre la porte ! Je l'ai énervée. Je t'ai énervée, hein, petite raciste ?

Il paraît que les passionnés de golf se souviennent de tous les trous qu'ils ont joués pendant leur pratique. Pas forcément de leur score mais de la longueur du parcours visité, de sa forme, de ses obstacles, s'il est long ou court, s'il est facile ou difficile, s'il fallait plutôt prendre un bois 5 ou un fer 7 au trou numéro 12, etc. Moi, c'est pareil avec les maisons de retraite. Je me souviens de chaque bâtiment où mon père s'est produit, du nombre de chambres, de la longueur des couloirs ainsi que l'emplacement de la salle de repos du personnel et de la salle à manger des pensionnaires. Je me rappelle aussi le prénom de chaque employé des établissements visités. C'est pour cela que je sais que Samira, je ne l'ai jamais vue :

« T'étais pas là il y a deux ans, si ? T'es là depuis combien de temps ?

– Depuis quatre mois », répond-elle.

Elle est jolie cette petite rebeu. Elle doit avoir quoi, 22 ans ? La pauvre, c'est pas sexy comme job. Mais peut-être qu'elle a la vocation. J'en ai rencontré, des filles qui VOULAIENT travailler auprès des personnes âgées, je sais que c'est possible mais je me suis toujours demandé quel vice ça cachait.

« Et alors, le boulot te plaît ?

– Franchement ? dit-elle en me regardant droit dans les yeux. Je déteste.

– Pourquoi t'es là, alors ?

– J'ai pas pu refuser, c'était le troisième taf que Pôle emploi me proposait. Si je disais non j'étais radiée. Mais la vérité, ça me débecte de torcher le cul des vieux, les laver, leur donner à bouffer. À la limite si c'est ta famille... Mais là... Tiens, ici, c'est la chambre de monsieur Ramones. Je sais pas si sa femme est là, des fois elle vient dormir.

– Il a encore sa femme ?! Non, alors laisse, on ne va pas les déranger. Peut-être qu'ils dorment.

– C'est toi qui vois. À la 17, c'est madame Onfret. La pauvre vieille, à mon avis, elle est plus là pour longtemps vu que ses enfants n'ont pas payé depuis six mois et qu'ils ne veulent plus raquer. C'est dégueulasse. »

Elle s'apprête à frapper mais je l'arrête.

« Attends, j'irai la voir après. Faut que je rassemble mes forces avant d'aller voir autant de détresse. Et la dernière, c'est aussi Zola ?

– Non, c'est Rigodet, madame Rigodet. Madame Zola, ça me dit rien, je ne devais pas encore être là. Madame Rigodet, il paraît qu'elle est là depuis cinq ans et qu'elle n'a jamais eu de visite.

– OK, tu peux y aller, je vais être sa grande première et j'en suis ravie. Roulez jeunesse, Lydie est dans la place ! »

Avant même qu'elle ne frappe, je pousse la porte.

Pour découvrir une chambre surchargée de bibelots sur les tables et de napperons sur les dossiers de fauteuil. Oh, une petite porcelaine qui devient mauve quand le temps change ! J'avais la même quand j'étais petite ! C'est elle qui a tout crocheté ? Elle ne devait pas bosser quand elle était jeune. Ou alors elle était crocheteuse. Ça se dit « crocheteuse » ? J'ose pas lui demander. C'est quoi ce chien sur toutes les photos ? Je crois que c'est un teckel à poils longs, les chiens-saucisses. Et le teckel sur une pelouse, le teckel sur un coussin, le teckel dans les bras d'une femme, le teckel et sa baballe, le teckel qui fait le beau, etc. Il est partout, le clebs !

Elle a aussi un faux Picasso signé au-dessus de son lit. Elle n'a peur de rien, la vieille. C'est d'un plouc. Ouh là, elle me regarde. Je reconnais le portrait sur l'arbre que Bidart m'a montré. Elle est en train de regarder la télé. Je me suis toujours demandé si les vieux étaient vraiment dérangés quand on leur parle pendant qu'ils regardent leur programme. Ils doivent être contents de voir une vraie personne, non ? Qui s'adresse à eux en tant qu'être humain et non pas en tant qu'entité d'âge et de consommation. Je n'en suis pas si certaine maintenant.

Elle a sur ses genoux un chien qui dort. Le teckel des photos ! C'est parti… j'accroche mon plus beau sourire pour pousser ma chansonnette. Sans oublier d'y mettre le timbre et la conviction.

« Bonjour madame Rigodet, je m'appelle Lydie et je suis l'assistante d'Hervé Vincent qui vient chanter demain pour les pensionnaires de la Charmeraie. »

Elle m'entend ? Il faut peut-être que je crie plus fort : « Vous vous souvenez d'Hervé Vincent ? Nous sommes venus pour la dernière fois il y a deux ans. » J'articule comme il faut, je fais les mêmes exercices que papa, mais en cachette. Je déteste être ridicule.

« Oui, je m'en souviens très bien, c'est mon amie Jeannette Labour qui avait reçu la rose. »

C'est bon, elle m'a entendue. On dirait un peu la reine d'Angleterre, avec une peau flasque et ridée dans laquelle on a envie de tremper son doigt comme si c'était de la chantilly. Je suis certaine qu'elle met de la poudre qui sent la poudre. Elle a les cheveux mauves et mousseux comme de la barbe à papa. Elle est très très vieille, en fait. Qu'est-ce qu'elle dit ?

« Elle l'avait gardée pendant des semaines, cette rose qui ne fanait pas. Moi, j'avais acheté le disque de Monsieur Vincent. » Elle commence à fredonner : *Le soleil ne se couchera jamais sans nous, ma belle, la nuit il n'y aura plus de loups, cruels*… Je n'écoute plus de musique, cela me fatigue très vite. Mais j'ai la télé…

– Je suis sûre qu'Hervé Vincent serait très touché si vous assistiez à son spectacle, demain. En souvenir de madame Labour, dis-je en m'asseyant face à la vieille dame. D'ailleurs, s'il y a une de ses chansons qui vous plaît plus que les autres, je suis certaine qu'il se fera un plaisir de la chanter et de vous la dédicacer.

– Je ne sais pas, ma petite fille. Je ne sors plus de ma chambre, vous savez, je reste avec Biscotte.

– Biscotte, c'est votre chien ? Il est vachement sage dites-moi. Moi aussi j'adore les animaux. » J'ose le caresser ? Ils me font peur ces clebs qui semblent dormir et puis… clac, vous avez leur mâchoire autour de la main sans avoir rien vu venir. Je reprends : « J'avais un petit york qui s'appelait Confiture. Je ne savais pas qu'on pouvait avoir des bêtes à la Charmeraie.

– Mais Biscotte ne dérange personne, elle fait moins de bruit que certains pensionnaires, et je n'ai même plus besoin de la sortir. Hein, ma Biscotte, que maman ne doit plus te sortir ? »

Tout en parlant, elle soulève délicatement le chien pour l'embrasser sur la truffe. Ou elle a encore beaucoup de force ou il est vraiment léger ce clebs. Non, il est empaillé ! Ce chien est mort ! Il ne faut pas qu'elle voie mon dégoût, il faut que j'enchaîne :

« Et c'est Biscotte que l'on voit sur les photos ?

– Oui, je les ai prises avec l'appareil que mon fils m'avait offert.

– Ah, vous avez un fils ! »

Merde ! Pourquoi Samira m'a-t-elle dit que personne ne venait la voir ?

« J'avais un fils, mais il est mort.

– Je suis désolée. »

Tu parles Charles !

« Vous devez être très triste.

– Pas du tout. Il est mort dans mon cœur. Il était jaloux de Biscotte et il l'a tuée avec de la mort-aux-rats. Enfin, vous voyez bien qu'il a raté. Hein, mon bébé, que Raoul ne t'a pas tuée ? dit-elle en bisoutant sa saucisse poilue. Maiiiis non tu n'es pas morte puisque tu es toujours avec maman. Tandis que Raoul, lui, n'a plus de maman. Il était trop méchant. Il t'embêtait tout le temps. »

OK, tout est en place, je dois porter l'estocade :

« À demain alors, madame Rigodet, je compte sur vous. Cela fera tellement plaisir à Hervé Vincent. Et qui sait, cette fois-ci c'est peut-être vous qui aurez la rose et qui gagnerez le gros lot ! »

Je me lève sans oublier une petite caresse au cadavre sur pattes maintenant que je sais qu'il ne me mordra pas : « À demain Biscotte. Et dis à ta maman de venir. »

Vite, quitter cette atmosphère morbide et anxiogène. Trop de chien tue le chien.

Juste avant que la porte ne se referme, je l'entends dire au teckel : « Elle était gentille cette jeune fille, non ? Tu as vu, elle t'a caressée, ma Biscotte. »

C'est bon pour nous, ça.

Quand j'arrive dans la chambre, j'entends papa chanter de sa plus belle voix, celle qu'il avait sous la douche quand j'étais petite. Je me souviens très bien de leur salle de bains, tout en marbre avec de la moquette hyper profonde. Quand j'y repense maintenant, je me dis que c'était ridicule et peu hygiénique (Bidart, sors de ce corps !) d'avoir de la moquette dans une salle de bains. Mais à l'époque, je trouvais ça merveilleux : j'allais m'y laver parce que je n'avais jamais les pieds froids en sortant de la baignoire.

Doubles vasques aussi, avec d'un côté les crèmes et parfums de mon père et de l'autre, les produits « d'entretien » de ma mère. Ils en avaient autant l'un que l'autre. Mon père a toujours été un homme qui prend soin de lui. Encore maintenant, il a plus de crèmes que moi, et bien plus chères ! Je suis certaine qu'il a profité de mon absence pour s'étaler sur la mini-tablette au-dessus du lavabo. Il y aura son fond de teint, son anti-cernes et sa poudre rose. Certains jours, avant de monter sur scène, il ajoute un trait d'eye-liner en plus de son Rimmel. Produits qui lui sont personnels et qu'il ne partage pas. Gagné ! C'est bien ce que je pensais, il est en train d'occuper toute la place.

*Je savais que tu m'attendrais*
*Mon amour*
*Je ne suis parti qu'à regret*
*Au petit jour*
*Je te revois seule dans le lit*
*Alanguie*
*Mais cet amour n'existait pas*
*Oublie-moi,*
*Oublie-moi.*

« Ça y est, c'est le grand retour de l'organe ! je m'exclame. La prochaine fois, on t'enregistre dans une salle de bains, c'est là où t'es le meilleur. Je vois aussi que tu as pris plus de la moitié de la petite tablette au-dessus du lavabo, comme si je n'avais rien à sortir de ma trousse de toilette.

– Mais tu n'as rien à sortir de ta trousse. C'est même ça qui me désole, ma fille. Un peu de coquetterie ne pourrait pas te faire de mal, Lydie. »

Non, ce qui me fait du mal, c'est ce genre de réflexions. Pardon de ne pas savoir optimiser mon « capital de séduction » dont tu parles si souvent, papa. Pardon de ne pas en faire un job à plein temps. Ce charme de pacotille dont tu voudrais me voir pourvue me semble aussi putassier que l'usage des robes ultra-décolletées et ultra-courtes censées exposer les atouts de la jeune (ou moins jeune mais ne jugeons pas n'est-ce pas) exhibitionniste que je ne veux pas être. Puisqu'il n'existe pas de Bourse pour le cours de la beauté, je me fous de ce capital. Qui fluctue de toute façon. Si ça se trouve, c'est parce que j'aurai porté un soutif confortable et solide jour et nuit, ce que la mini-robe sexy ne permet pas, que j'aurai encore des beaux nichons qui se tiennent tout seuls quand ceux des autres leur arriveront aux genoux.

« Je viens de voir un truc incroyable, j'enchaîne pour ne pas lui dire tout haut où il peut se les mettre ses crèmes et sa brosse à cheveux. Une vieille folle qui parle à son chien empaillé. Elle a encore son fils, mais elle ne le voit plus parce qu'il a soi-disant tué son clébard. Tu les as mises où, les photos du nôtre ?

– On n'a jamais eu de chien ! s'exclame mon père, tout en appliquant avec précision un anti-cernes qui lui a coûté le cachet d'une représentation.

– Je sais bien, je te parle de celles du yorkshire de la vieille de Montélimar.

– Je ne peux pas tout me rappeler, c'est ton rôle ça, dit-il tout en tapotant son vieux visage.

– C'est bon, je me débrouillerai. Et sinon, je te rapporte quoi de la cantine ? »

Mais, sans attendre la réponse, j'ai déjà quitté la chambre. Il m'a énervée avec ses réflexions sur mon manque de féminité. Je lui parle, moi, de son manque de couilles ? Oui, je lui en parle.

Au réfectoire du personnel, je repère immédiatement la jeune Samira et deux autres de ses collègues que je connais plus ou moins. Le grand balèze, je le connais plutôt plus puisqu'on a couché ensemble la dernière fois que je suis passée. Techniquement, on n'a pas couché puisqu'on est restés debout contre une armoire, mais ça n'a pas empêché une certaine intimité. Il s'appelle Rony, je crois. Je me demande s'il se souviendra de moi. On s'était bien amusés. Mais comme avec les autres, il n'y a pas eu de suite.

En le voyant, je me rends compte que, depuis cinq ans, je ne couche jamais deux fois avec le même homme. Aucun doigt ne sait où appuyer pour me faire décoller, aucun bassin ne connaît le rythme qui me fait jouir, personne ne me réclame à cor et à cri. Même pas ma mère.

Un plateau à la main, je m'approche d'eux.

« Je peux ?

– Ouais, évidemment, répond Samira. Je vous présente ou vous vous connaissez déjà ?

– On se connaît déjà, dis-je. Miriam, et Rony, c'est bien ça, non ?

– Bravo, quelle mémoire ! » s'exclame celle que j'ai reconnue comme Miriam. Elle est infirmière de nuit. « Contente de vous revoir. Les pensionnaires vous adorent. J'en connais certaines qui vont faire de beaux rêves cette nuit. Elles sont amoureuses de votre père. C'est mignon, à cet âge-là. »

Ah ! L'œil du Rony s'est allumé. J'ai peut-être laissé un meilleur souvenir que je ne pensais. Déjà si j'ai laissé un souvenir…

« Vous faites une tombola, c'est ça ? » demande-t-il.

Oui mon gros, et c'est toi qui as eu le jackpot. Je ne me souvenais pas qu'il était si musclé. Il serait plus utile dans un centre de réinsertion pour jeunes délinquants testostéronés que chez les anciens qui pèsent 60 kg tout mouillés.

« Oui, c'est nous. Ils adorent ça, les vieux », dis-je, tout en attaquant une blanquette à la viande incertaine et trop cuite, et sans carottes pour égayer une sauce beigeasse et grumeleuse. Celui qui a dit que la France était le pays de la gastronomie n'a jamais été nourri par la cuisine de l'administration.

« Et c'est quoi les lots ? s'informe Samira en riant. Un voyage au paradis plutôt qu'en enfer ? Un nouveau déambulateur ?

– Un nouveau dentier ? Une dernière petite pipe ? renchérit Rony.

– Le troisième prix est un baiser sur la bouche donné par leur idole, le deuxième est une valse dans les bras de la vedette et le premier prix, c'est un verre de champagne en tête à tête avec Hervé Vincent dans leur chambre ! Je peux te dire que ça cartonne. Mais je crois que ce qu'elles préfèrent c'est quand il offre sa rose… Et qu'il désigne ainsi l'élue. Elles mouillent leurs culottes, si ce n'était déjà fait. » (Monsieur le directeur, sortez de mon corps !) Ça, ça le fait rire, le gros Rony. Ça y est, tu te rappelles enfin qu'on a fricoté ensemble après le spectacle, il y a deux ans ? Moi, je me souviens avec plus de précisions des couloirs traversés et des chambres investies que des hommes qui m'ont touchée, mal le plus souvent. Mal toucher, c'est toucher quand même ?

« Ils sont comment vos pensionnaires en ce moment ?

– Plutôt bien, on a passé la gastro, hein Samira ? » rigole Miriam.

Elle est charmante, cette Miriam, avec un sourire à remettre la vie à l'endroit. Ceux qui meurent la nuit, quand elle est d'astreinte, ont la chance de s'en aller sur une belle image. Quelle sera ma dernière image à moi ?

« Ils rigolent parce que je venais d'arriver quand l'épidémie a commencé. Tous ces derrières mous et frippés à laver, j'en pleurais, bougonne celle-ci.

– T'avais qu'à te dire que c'était ta famille puisque, elle, tu veux bien t'en occuper.

– Justement, toi qui fais le tour de France des mouroirs, t'en as vu beaucoup des vieux Arabes et des vieux Noirs dans les maisons de retraite ?

– Tiens, maintenant que tu m'y fais penser… Non, dis donc, c'est vrai qu'on n'en voit quasi pas !

– Parce que nous, on s'en occupe de nos aînés, soupire Miriam. On ne les laissera jamais finir leur vie entre les mains d'un étranger.

– Tout à l'heure, j'ai dit à la mère Bidart que vu l'âge d'Aziz, il faudrait bientôt lui réserver une chambre, vous auriez vu sa tête !

– C'est normal, dit Rony. Si elle met un vieil Arabe dans une chambre, les autres râleront et son établissement sera moins bien coté.

– Jusqu'au bout, les Français, ils ne voudront pas du mélange Blancs-Beurs-Noirs ; nous, on peut laver leurs vieux mais eux, ils ne laveront jamais les nôtres, soupire la belle infirmière.

– Moi en tout cas, j'avoue que je n'ai pas du tout envie de voir mon père à poil ! dis-je. Il ne m'a jamais changée quand j'étais petite, je ne vois pas pourquoi je le ferais quand il sera vieux. Je lui trouverai un bel endroit bien propre, ou alors je ferai venir quelqu'un, et c'est comme ça que je lui montrerai que je l'aime.

– T'es une mauvaise fille, dit Samira.

– Y a pas de mauvaise fille, y a que des mauvais pères et des filles qui s'en souviennent. Et je ne suis pas une mauvaise fille puisque je lui apporte à manger dans sa chambre. Mais t'as raison, je vais lui prendre des trucs qu'il n'aime pas en lui disant qu'il ne restait que ça. »

Devant les expressions choquées de mes compagnons de malbouffe, je me sens obligée de rajouter : « Je rigole ! Et n'oubliez pas votre devise : hygiène et sécurité et vos vieux seront bien cannés ! »

Dormir dans la même chambre que son père à 35 ans, qui fait ça ? Pour économiser la recette, on dort ensemble dans les Ehpad et on ne prend qu'une chambre dans les hôtels. La plupart du temps, je ne m'en offusque même plus. Il regarde la télé et je me passe une série sur mon ordinateur. De temps en temps, je lève la tête et je vais finir le film avec lui, épaule contre épaule.

Ce soir, pendant qu'il termine son plateau-repas, je m'adonne à mon passe-temps préféré. Je coche la déco qui m'inspire dans les magazines de décoration. Je suis très bien organisée, je place des petits signets pour marquer les pages qui m'intéressent et régulièrement, je les déchire pour les insérer dans mon dossier « maison à moi ». C'est comme ça que dans ma tête j'habite dans une maison décorée par Jacques Grange, parsemée de meubles de Mies Van der Rohe, de Charlotte Perriand, et de Jacques Garcia. J'imagine l'ambiance de mon futur chez-moi comme je prépare le tour de chant de papa : on mélange les tubes dansants et les chansons nostalgiques.

« C'est dégueulasse ce qu'ils leur font manger aux vieux, ici ! Déjà que je déteste les betteraves, mais là, c'était franchement immangeable, râle-t-il en laissant tomber sa fourchette sur le plateau.

– On n'a qu'à aller au restaurant la prochaine fois, dis-je sans culpabilité aucune.

– Non, tout de même pas. »

Mais mon moment préféré lors des soirées fille/père, c'est encore quand je sors l'Album. Épais et en similicuir que les moins de 20 ans ne peuvent pas connaître. Pour accrocher les photos, on devait utiliser le ruban double face ou les petites encoches qui encerclaient les coins de l'image. Les radins n'utilisaient que deux accroches placées en diagonales, mais les autres, ceux qui avaient le temps et l'argent, ne prenaient pas de risques et accrochaient les photos aux quatre extrémités. La personne qui a rempli celui que j'ai dans les mains était riche et oisive parce qu'il y a toutes les accroches et qu'aucune photo ne s'est détachée. C'est mon trésor. J'ai l'impression, en disant cela, de reprendre ma voix de petite fille. Cet album, je me convaincs que c'est mon passé quand il était joli et qu'il sera mon futur que je rendrai beau.

Ce sont nos souvenirs de famille de quand on était une famille. Maintenant, je nous vois comme deux adultes agrippés à leur bouée tels des naufragés tombés de leur yacht. Le départ de celle qui fut ma mère nous a plongés dans un océan d'incompréhension (pour lui) et de tristesse (pour moi). Mais, puisque le bateau avait continué sa route sans nous, on a appris à nager au milieu des vagues. L'exercice m'a renforcée, m'a endurcie peut-être, mais je ne me suis pas noyée. Et le jour où je débarquerai au port où le bateau ancre, je ne donne pas cher de sa coque. En attendant, je me souviens très bien de certains moments que nous avions interrompus pour prendre la pose et immortaliser l'évènement. D'autres photos, où je suis pourtant présente, me sont complètement étrangères. Et enfin, il y a les portraits d'eux. En voyant mon père à différentes étapes de sa vie, je ne peux que m'incliner devant le charisme qu'il dégage. Si on peut dire qu'il a toujours un certain charme, à l'époque, il avait un charme certain. Ma mère semble être une grande asperge auburn aux seins hauts et pointus et au sourire content. La petite fille qui s'accroche à ses jambes lui ressemble, tout en ayant le sourire de son père.

Sur les photographies, on les voit qui posent en tenue chic, en tenue de plage, en short, avec ou sans amis, avec ou sans moi, avec ou sans sourire. Il avait l'air d'être bien dans ses papiers, mon jeune père, qui, à l'époque, s'appelait Bernard Verrat. La maison et les jardins que l'on voit sont superbes : piscine de taille quasi olympique avec de magnifiques transats qui l'entourent. Le vrai luxe tient dans ce genre de détails : j'ai pu me payer ma piscine mais en plus, il me reste assez d'argent pour l'habiller de meubles de jardin aussi chers que des meubles d'intérieur. D'ailleurs, derrière le salon de jardin, on voit s'épanouir une pelouse digne d'un country club, avec des palmiers et des buissons de rhododendrons centenaires et gigantesques. Mon père devait adorer sa maison, parce qu'il l'a photographiée sous toutes les coutures, avec ou sans modèles : une vue du salon rouge, une photo du billard avec le râtelier de lampes vertes pendu au plafond. Mais c'est vrai aussi qu'on a l'impression, en passant en revue l'album, que chaque cliché montre un cliché : la cuisine, par exemple, expose toute une panoplie de casseroles en cuivre accrochées aux murs. Le genre de casseroles si lourdes qu'il faut être Mrs Patmore de *Downton Abbey* pour les décrocher ! Sans oublier les carreaux de faïence et la cuisinière multi-plaques en fonte qui coûte un bras (celui de Mrs Patmore). Dans la salle à manger, la table peut accueillir tous les chevaliers de la Table ronde même si elle est ovale.

J'aime me vautrer d'aise dans la contemplation de ces photos.

« C'était vraiment grand !

– Immense ! dit mon père en train de se badigeonner de crème de nuit.

– Et on était heureux ?

– Oh non, ne recommence pas ! m'intime Hervé/Bernard.

– Mais j'ai besoin que tu me racontes. Ça me fait du bien parce que je ne m'en souviens pas.

– Non pas ce soir, franchement, je suis épuisé. »

C'est drôle, il me gronde comme si j'étais encore une enfant. Ça suffit Lydie, si tu continues je vais me fâcher ! Fâche-toi papa, fais-moi peur, donne-moi une punition, toutes ces choses qui m'ont tant manqué. Plus d'artiste, plus de manager, mais un père et une fille qui se confrontent. Et la fille va gagner. Depuis quand les filles n'obtiennent pas ce qu'elles veulent de leur père quand elles le demandent plus ou moins gentiment ?

« Bon alors, raconte-moi juste les détails pratiques. Viens t'asseoir près de moi. »

Et il vient s'asseoir au bord de mon lit.

« Il nous reste combien de temps exactement pour la racheter, cette baraque ? dis-je pour la centième fois comme un enfant exige la même histoire avant de s'endormir.

– Si dans six mois, on n'a pas le reste de la somme de…

– 600 000 euros… je soupire.

– On peut lui dire adieu.

– Ça, jamais ! On les aura ! Je leur mettrai de l'arsenic dans le champagne, aux vieilles, mais on les aura ! Raconte-moi comment c'était à l'intérieur. Quand tu racontes, j'ai l'impression d'y être encore.

– Ce n'est pas si important que ça, cette maison, Lydie. C'est du passé.

– Évidemment que c'est pas du passé ! dis-je en me redressant. Sinon, pourquoi tu penses que je fais tout ça ?

– Pour être avec ton vieux père.

– Dis pas de conneries, raconte. » J'ai posé ma tête sur ses genoux.

« Alors… Il y a quatre salons. On leur a donné des noms en fonction de la couleur des rideaux et des coussins des canapés sinon on s'y perd. Par exemple si je te dis "va me chercher mes lunettes parce que je les ai oubliées dans le salon", tu peux mettre un quart d'heure avant de les retrouver. Alors je te dis "va me chercher mes lunettes dans le salon bleu", c'est plus simple.

– Oui, et puis… » Je sens la fatigue poindre.

« Il y a aussi une salle de bains pour chaque suite, et même une douche pour les trois chambres des domestiques sous les combles. Il y a donc neuf salles de bains. Dans notre suite, la chambre des maîtres, il y avait…

– Il y a ! dis-je en fermant les paupières.

– Il y a une baignoire ronde au milieu de la pièce. Ta chambre à toi disposait d'une terrasse ainsi que trois des cinq chambres d'amis. Il y avait…

– Il y a ! » Mais cette fois, ma voix n'est plus qu'un souffle.

« Il y a une salle de jeu pour les enfants, une salle de billard pour les adultes, et surtout une véranda avec une vue imprenable où nous passions, pardon, où nous passerons tous nos dîners, tous nos soupers, et les soirées, à partager des parties de cartes, de petits chevaux, en admirant la mer juste devant, avec l'île Verte en face, et le paysage qui n'est jamais le même en fonction du temps… »

Je ne l'écoute plus vraiment. Je suis là-bas… Je suis chez moi…

« Allez, rêve ma fille… rêve », susurre-t-il à mon oreille tout en se relevant de mon lit.

Ce soir, nous dormirons bien : mes rêves à moi auront la couleur de la Méditerranée et j'imagine ses rêves à lui remplis de femmes de 50 ans lui jetant au visage des milliers de roses rouges, sans pourtant l'égratigner, protégé par sa crème de nuit à 300 euros le pot.

Elle a bien dormi, la fifille à son papa. J'ai la pêche pour installer les câbles de la sono pendant qu'Aziz, le vieil intendant de la Charmeraie, est monté sur un escabeau pour brancher les projecteurs. Les chaises des spectateurs sont alignées, et un petit paravent tendu de rouge cache la console. Je transpire comme une belle viande maturée.

« Fais gaffe Aziz, si tu tombes, faudra que je termine tout toute seule parce que c'est pas l'autre diva qui va m'aider.

– C'est normal, c'est la vedette, répond-il gentiment. Il croit peut-être que tu es une fée magique avec la baguette magique, et que tout bouge tout seul.

– Comme chez Cendrillon. Je me souviens de la chanson de la marraine ! *la mechicapou, la petitpapou, la rapetipapetitou*... Au fait Aziz, t'aimerais bien finir tes jours ici ? Au moins tu connaîtrais déjà la maison !

– Et j'aurais ma photo sur l'arbre et après sous l'arbre. Non merci, je veux bien avoir ma photo si je suis l'employé du mois mais je ne veux pas être le mort du mois. Vas-y, allume ma gazelle ! »

Et la lumière est.

Juste à temps pour l'arrivée en toute simplicité du seul et unique Hervé Vincent en jogging satiné, pas encore rasé mais déjà moumouté, au cas où des regards étrangers seraient susceptibles de se poser sur son auguste personne. Il inspecte la mise en place, se dirige vers le micro et le teste en articulant exagérément une de ces phrases idiotes dont il a tout un répertoire.

« Cessez de vous excuser, c'est exaspérant. Bravo Aziz, vous avez fait un travail formidable.

– Et moi, j'ai fait quoi ? Je me suis chatouillé la rondelle ? »

# Chapitre 5

Quiconque pense qu'une maison de retraite, un Ehpad, un home, une seigneurie, quel que soit le nom donné à un établissement plus ou moins médicalisé n'hébergeant que des personnes qui sont nées quand on parlait encore de « fille de joie » pour parler d'une prostituée, quiconque donc pense que c'est un lieu calme et apaisé du fait de l'âge de ses occupants se fourre la main dans l'œil jusqu'à la garde. J'ai fait cette faute d'appréciation jusqu'à ce que la vie m'y entraîne plus que régulièrement.

Quelle erreur de voir les personnes âgées comme des braves petits vieux qui se ressemblent tous et qui, la mort approchant, se tourneraient forcément vers la bienveillance et le repentir d'une vie qui a été, pour certains, plus tordue et compliquée que prévue. Quelle bêtise nous faisons tous de nous apitoyer systématiquement devant le troisième âge ! Barbie, Touvier et autres nazis de plus de 80 ans en ont bien profité.

Comment voir dans ces vieux bonshommes rabougris et à moitié sourds des donneurs d'ordres de la pire espèce ? Sans aller jusqu'à ces extrémités, j'ai tout de même assisté à de sérieux crêpages de chignons durant mes tournées. Je me souviens de ces trois femmes qui se déchiraient pour savoir laquelle était en meilleure forme et laquelle était la préférée de ses enfants.

Ce jour-là, ma « loge » donnait dans le couloir qui menait à la salle de spectacle et je n'avais pu m'empêcher de tendre l'oreille lorsque j'avais entendu cette phrase : « Ah non, j'étais là avant vous, madame Gruaut. C'est à chaque fois pareil, vous êtes une doubleuse ! »

La dame qui parlait, ou plutôt qui glapissait, était une très grosse femme en fauteuil électrique. Elle semblait avoir toute sa tête et tenait précieusement sur ses genoux mes cinq CD autoproduits. La femme qu'elle invectivait sous le nom de « Gruaut » était, elle, en déambulateur et tentait maladroitement de la doubler.

« C'est pas vrai, vous recommencez vos attaques inutiles, madame Bevin ! répondit la dénommée Gruaut. Vous avez failli me renverser avec votre engin à moteur alors, faites un peu attention…

– Si vous n'étiez pas en train de tricher comme d'habitude, madame Gruaut, ça n'arriverait pas. C'est bien fait pour vous. Allez, allez, reculez ! »

Elles étaient toujours en train de se chamailler quand une troisième personne mit son grain de sel dans la discussion. Celle-là tenait sans aide sur ses deux jambes, mais dans un équilibre précaire. Elle commença franchement :

« C'est vrai, madame Bevin, que vous êtes bien maladroite avec votre bidule à moteur. Vous ne savez pas le guider, un vrai danger public.

– Je ne vous ai pas sonnée, madame Gaubert. De toute façon, vous êtes une jalouse et c'est tout... »

Dans le couloir, l'arrivée de nouveaux spectateurs augmenta l'orgueil de chacune. Elles étaient fières d'avoir un public, me semblait-il. Ces longues heures passées en solitaire dans leur chambre doivent faire macérer des rancœurs qui ne demandent qu'à exploser en salle commune.

« Jalouse ?! Mais jalouse de quoi, madame Bevin ? demanda la plus valide qui s'appelait donc madame Gaubert.

– Jalouse de sa connerie... »

C'est un homme qui avait parlé. Un des rares de tous ces gynécées que sont les maisons de retraite. En général, ils se font discrets et sont plutôt complaisants avec les dames qui les entourent, cherchant à se faire chouchouter. Mais celui-là semblait être un spécimen rare, de ceux qui ne craignent pas leurs congénères féminines.

« Attention, monsieur Richard, je ne suis pas sourde, et je prends très mal ce que vous venez de dire, éructa la grosse madame Bevin. Vous, pour le chocolat, maintenant, vous pouvez toujours courir. De toute manière, vous êtes tous jaloux !

– Mais on vous écoute, madame Bevin, jaloux de quoi ? demanda la dame en déambulateur.

– Vous le savez très bien, je n'ai pas besoin de le dire… répliqua la motorisée.

– Non, on ne sait pas ! » s'énervait madame Gruaut sans lâcher ses poignées, histoire de garder son équilibre. Je connais suffisamment mon public pour savoir que l'horreur serait de tomber, ici, devant ces messieurs-dames, et qu'ils remarquent qu'elle a mis des demi-bas nylon. Pour certaines femmes, rien, pas même la vieillesse, ne doit empêcher la recherche d'élégance, jusque dans les tout petits détails. Et le port du demi-bas est une concession douloureuse faite à la coquetterie : certes, certaines s'empêchent de garder leurs charentaises quand elles quittent leur chambre, mais le manque de souplesse du grand âge les oblige à faire l'impasse sur les collants, leur imposant le port des mi-bas qui plissent.

Je me souviens m'être demandé, en les entendant, quelle sera l'action quotidienne que je devrai laisser tomber quand je serai, moi aussi, vieux et diminué. Ma faiblesse viendra-t-elle des yeux ? À moitié aveugle, je ne pourrai plus, alors, mettre mon mascara ou le crayon gras qui m'approfondit le regard. Ou seront-ce mes mains qui trembleront trop pour me permettre de boutonner ma chemise faite sur mesure ? Devrai-je alors enfiler ces horribles vestes avec boutons-pression ? Ou est-ce mon dos qui me trahira ? Ne pouvant plus me pencher pour faire mes lacets, je me rabattrai sur ces horribles baskets à scratch. Pour le moment, je ne lâche sur rien.

« En tout cas on n'est pas jalouses de votre robe, ça c'est sûr, ajouta madame Gruaut avec perfidie.

– Ce n'est pas parce que vos enfants s'occupent à peine de vous qu'il faut être agressive, madame Gruaut », répondit la Schumacher de l'Ehpad.

Je n'avais pu m'empêcher de jeter un œil discret par l'entrebâillement de la porte et c'est vrai que sa robe était moche. C'est tellement triste d'avoir plus d'argent que de goût.

« Mais je ne vous permets pas, madame Bevin. Mes enfants s'occupent très bien de moi et ils viennent me voir plus souvent que les vôtres.

– Hum ! En tout cas, eux, ils ne vous ont pas acheté un fauteuil électrique.

– Oui, mais parce que moi je peux encore marcher.

– On ne peut pas appeler ça marcher ; vous poussez un chariot sans être au supermarché. Et de toute façon, moi je vais beaucoup plus vite que vous.

– Mais moi je me tiens encore debout !

– Plus pour longtemps, madame Gruaut, croyez-moi, plus pour longtemps, répétait la vipère.

– Ne vous mordez pas la langue, vous vous empoisonneriez madame Bevin ! intervint madame Gaubert à l'équilibre le plus stable. Espèce d'horrible momie à roulettes…

– Regardez-vous dans la glace, avant de traiter les autres de momie. On n'est pas au cirque, et pourtant vous êtes maquillée comme un clown. On ne vous a jamais dit qu'il valait mieux éviter de se refaire une beauté quand on a Parkinson ? »

La dame Gaubert leva sa canne d'un geste menaçant. Et tremblant, il est vrai. Moi, j'ai toujours trouvé touchants ces rouges à lèvres mal posés et débordant des bouches trop fines, ou ces joues trop roses et ces mascaras épais qui font parfois des cils de poupée. J'admire ces dames qui ne renoncent pas à plaire et à se plaire.

La petite troupe médisante fut interrompue par la chef d'établissement qui les pressa de rentrer dans la salle de spectacle. Je me souviens que, plus tard, lors de la tombola, c'est la fameuse madame Bevin, en fauteuil électrique, qui avait gagné le prix de la danse. On entendait ses roues crisser sur le lino. J'avais eu très mal au dos, ce soir-là, de m'être penché sur elle pendant trois minutes. Je me disais que c'était ma punition divine pour les mauvaises pensées qui nous habitaient, Lydie et moi, quand nous mettions un nom précis dans le chapeau, avec l'espoir d'hériter.

Je ne dirais pas qu'elle a dû beaucoup insister pour que j'accepte l'entourloupe, mais c'est une idée que je n'aurais jamais eue moi-même. Pourtant, elle a raison, c'est une pichenette que l'on donne au destin, rien de plus, qui récompense à sa juste valeur le don de moi que je fais à chaque concert. Nous sommes des pêcheurs qui lançons notre ligne en espérant ferrer le poisson. Mais celui-ci est libre de mordre à l'hameçon ou pas. Nous ne forçons rien d'autre que le destin en multipliant nos chances d'être choisis.

Et n'est-il pas plus satisfaisant pour ces messieurs-dames devant la page blanche de donner à quelqu'un de précis plutôt que de savoir que seul l'État ou des neveux qui ne connaissent pas leur prénom hériteront ? C'est un peu comme quand je quitte un emplacement de parking en voyant la prochaine voiture qui attend de prendre la place. Je me sens toujours un héros généreux à ce moment-là. Et je fais un petit signe de tête et de la main qui dit : « Je suis ravi de vous faire plaisir, ne me remerciez pas et soyez-y heureux. »

Ici, à la Charmeraie, je reste dans les toilettes du personnel qui jouxtent la salle du spectacle jusqu'au début du tour de chant. Mais, comme tout artiste avant le lever du rideau, je ne peux m'empêcher d'aller jeter un œil sur le public qui m'attend. C'est comme ça que je vois Lydie débouler en robe à paillettes rouges (la robe des demoiselles de Rochefort) et hauts talons. Elle pousse le fauteuil roulant d'une très vieille dame qui elle-même traîne un chien en laisse sur le linoléum. Ce doit être la fameuse madame Rigodet. Lydie double tout le monde pour aller l'installer. Une fois celle-ci placée au premier rang et sur le côté pour ne pas gêner, ma fille se dirige vers les toilettes, ma loge.

C'est là, en ces lieux illustres qui ont vu passer tous les éminents derrières des non moins éminents vieux bourgeois de la région – la Charmeraie étant un de ces établissements « cinq étoiles » très cher – que Lydie me coache une dernière fois. Ce besoin de ma fille de s'assurer, malgré le nombre de représentations déjà honorées, que je n'ai pas oublié à quel moment précis je dois faire mon entrée de star, est une manière de se montrer indispensable artistiquement parlant. J'imagine bien que monter et démonter les lumières et la console n'est pas ce qui la nourrit intellectuellement. Mais est-ce vraiment de maîtriser mes entrées et mes sorties ainsi que mes quelques pas de danse qui la comble ?

Pour quoi ma fille est-elle faite ? Elle n'a pas trouvé sa voie dans le monde des ultra-riches, elle ne s'est pas sentie chez elle à l'université (publique cette fois), et elle ne m'a jamais parlé d'une personne en particulier.

Fille ou garçon, personne ne semble lui manquer. Alors ? Qui veut-elle dans sa vie ? Si elle ne veut ni des jeunes ni des vieux, veut-elle au moins d'elle-même ? J'imagine que je dois m'estimer heureux de l'avoir encore à mes côtés après cinq ans... Une dernière retouche de maquillage, un peu de rouge pour se teinter les lèvres et les pommettes, check de mon postiche et je me sens prêt.

« Tu rentres quand tu entends les premières notes de “Toujours le bleu”, OK ? Pas avant ! Compris ? s'assure Lydie.

– Ne t'inquiète pas ma chérie, tu seras fière de moi. *Dix petites truites cuites, dix petites truites crues, dix petites truites cuites, dix petites truites crues.* »

S'en allant un peu godiche sur ses hauts talons, ma fille préférée me lance un dernier « Allez, merde papa. Et n'oublie pas d'aller pisser ! »

Dans la « salle de spectacle » qui, d'habitude sert aux exercices pour délier les membres raides de tout ce vieux petit monde, les spectateurs de la Charmeraie sont installés. Le *light show* d'Hervé Vincent va bientôt commencer ! L'attente est à son comble. Bernard Verrat n'est pas souvent présent dans ma vie mais, cinq minutes avant la représentation, il disparaît complètement. Je ne suis plus que ce chanteur qui va donner du bonheur.

J'incarne ce bonheur pour les 45 personnes sourdes et diminuées présentes dans la salle. Ne vous moquez pas et n'ayez pas pitié de la vedette. Puisque je n'ai jamais chanté à Bercy ou à l'Olympia, chanter pour « les vieux » n'est pas une dégringolade artistique et financière pour moi. Ce n'est pas comme si j'avais connu le shoot d'adrénaline que procure un public en forme et délirant qui a payé sa place très cher et qui hurle mon nom à Wembley. Là, vous pourriez pleurer de me savoir à la Charmeraie devant un public de sonotones. Mais, parce que je n'ai jamais connu les *lights shows* aux lasers, mon petit multi-spots et ma boule à facettes me suffisent. Aucune femme n'a jamais jeté sa culotte sur la scène en espérant que je la hume avec désinvolture, mon nom n'a jamais été scandé par 20 000 personnes, aucune groupie ne m'a jamais attendu, nue et offerte, dans ma loge et, si j'ai du champagne après le spectacle, c'est la bouteille que je bois avec la gagnante de ma « tombola de l'amour », mais je me sais aimé, attendu et admiré pendant une heure, et j'avoue en avoir besoin.

J'avoue aussi que ma plus grande joie et ma plus grande fierté, en voyant mon public, est de me dire que je suis en meilleure forme qu'eux. Je les regarde assis et je me vois debout. Ils sont tordus, parfois un peu baveux, et je me tiens droit et allègre. Eux, c'est eux et moi je ne suis pas (encore) eux. Tous les artistes vous diront que la scène est une cure de jouvence. Mais pour moi, c'est avant tout une tour de contrôle d'où je vois les pistes que je ne devrai jamais emprunter.

Afin d'augmenter un peu l'ambiance « salle de concert », il a fallu fermer les rideaux occultant. Il est tout de même 16 h … Mais maintenant, on y est, les lumières s'éteignent, Aziz allume la petite rampe de spots que nous trimballons partout à l'arrière de la camionnette, il lance la boule à facettes et place ses mains sur la poursuite. Lydie est à la console, derrière le paravent. Elle annonce dans le micro que l'artiste va tout donner.

« Mesdames et messieurs, c'est avec un énorme plaisir qu'il est parmi vous cet après-midi, lui que la France entière des seniors adore, lui qui fait battre les cœurs et les pacemakers. » Je lui ai déjà dit que je détestais cette phrase mais c'est un plaisir qu'elle s'octroie quand elle est de bonne humeur, je devrais donc en être content. « Je vous demande de faire un triomphe à celui que vous aimez tant et qui vous le rend bien, j'ai nommé… Hervé Vincent ! »

Les premiers applaudissements fusent. Ça y est, c'est parti. Lydie lance la première chanson : pendant une heure, plus personne n'aura mal nulle part, tous oublieront le manque des disparus et la défection des vivants, leurs artères auront 20 ans à nouveau et les souvenirs rejailliront. La dame aux cheveux mauves se souviendra de sa première robe de bal, que maman avait cousue avec les restes des rideaux et dont elle était si fière, son voisin de gauche se rappellera son premier slow avec la fille du boulanger que tout le monde convoitait, une autre encore s'émouvra de ne pas avoir oublié que le 14 juillet 1947, à la sortie de la guerre, quand certains régiments américains n'étaient pas encore repartis au pays, elle avait goûté son premier baiser au goût de chewing-gum à la cannelle.

Voilà Hervé Vincent qui rentre en scène. J'entame d'une belle voix chaude « Toujours le bleu », THE titre d'ouverture parce qu'il est tendre mais entraînant. Je vais chercher mon public en descendant dans la salle et je m'approche, tout en chantant, des vieilles dames qui semblent ravies. Comme quoi, lancez-leur un regard d'homme et ça repart ! Mais déjà, je remonte sur scène sous un tonnerre d'applaudissements.

« Merci, merci, mes chers amis, pour cet accueil si chaleureux. Il me tardait de revenir à la Charmeraie et de vous revoir. Je remarque, hélas ! que certains nous ont quittés… Madame Labour, madame Bonnefoie, monsieur Forceville, monsieur Montalenvert… et j'ai une pensée pour eux. Mais tournons-nous vers l'avenir, je sais que d'autres nous ont rejoints. Qui sont-ils ? Levez les mains ! »

Quatre mains jaillissent et je vais les baiser ou les serrer.

« Enchaînons maintenant avec “Je me souviens de ton sourire”, une chanson que vous connaissez tous par cœur. »

Lydie lance la musique et se rapproche du micro pour faire les chœurs de cette chanson qu'elle a écrite entre Maubeuge et Tourcoing. Certaines vieilles dames fredonnent avec nous.

Les quatre prochains titres expriment toute la gamme des émotions que permet l'amour, le vrai : « Une larme sur ton oreiller », « Je te cherche dans la ville », « L'hiver n'est jamais froid aux amoureux transis », et enfin « Viens ce soir, nous nous aimerons ». Une fois les dernières notes expulsées sous les applaudissements nourris de ce public conquis, la star doit se désaltérer. Je me dirige pompeusement vers le paravent et c'est Lydie qui prend place sur l'estrade pour enchaîner.

« Ne vous inquiétez pas, il reviendra. Mais voici déjà le moment tant attendu, ce moment qui n'est qu'à nous et que nous n'offrons qu'à vous, formidables pensionnaires de la Charmeraie ; je veux parler de la tombola ! Vous avez tous placé dans notre chapeau un petit papier avec votre nom écrit par la charmante Samira, et ce nom vous permettra, je l'espère, de gagner un de nos cadeaux. Cadeaux très personnalisés puisque le troisième prix est un baiser d'Hervé Vincent ! J'en vois qui rougissent ! Le deuxième prix est une danse de votre choix dans les bras de notre vedette, et enfin le premier prix : une coupe de champagne, un inoubliable tête-à-tête avec notre, que dis-je, votre ami Hervé Vincent. Il me faut une main innocente. »

Lydie fait mine de chercher dans la salle. « Monsieur le Directeur ! Venez donc puiser dans mon chapeau du bonheur. » Celui-ci monte sur scène, un peu gêné, et pioche un papier qu'il tend à ma fille, sur lequel est écrit : « Madame Joliette ». Qui est madame Joliette ?

On voit se lever une dame toute frêle qui se dirige à petits pas vers l'estrade. Réapparu au même moment, je l'aide à monter les deux marches.

« Bonjour madame Joliette, dis-je de ma belle voix de basse qui fait craquer les dames, qu'elles soient ménopausées ou non. Vous portez merveilleusement bien votre nom ; jolie et coquette, j'ai l'impression que c'est tout vous. Ai-je tort ? »

Dans un souffle ténu, celle-ci répond :

« Non, en effet, j'aime être à mon avantage. Vous savez, j'étais vendeuse dans une parfumerie… Et mon mari aimait me voir toujours pimpante. Il était très fier de moi.

– Comme il avait raison ! J'espère qu'il ne sera pas jaloux, où qu'il soit, de notre tendre baiser. »

Et d'une voix chaude et susurrée, je lui murmure à l'oreille mais suffisamment fort pour que toute la salle entende : « Fermez les yeux, madame Joliette. »

Et madame Joliette m'obéit ; elle ferme les yeux en me tendant son visage. Je le prends dans mes mains manucurées et je l'embrasse doucement mais précisément sur la bouche. Je sais que dans l'assistance, certaines dames ont aussi fermé les yeux, d'autres ont les lèvres qui miment ce baiser, et d'autres encore ont le regard noir de jalousie. Je sais aussi qu'un monsieur et une dame se regardent d'un air coquin. Il y a toujours des couples cachés dans les Ehpad. Je me suis souvent demandé s'ils étaient formés d'anciens obsédés du cul qui, même très diminués, ne veulent pas (ou ne peuvent pas !) faire une croix sur ce qui les a occupés pendant les trois quarts de leur vie ou si, à l'inverse, c'étaient d'anciens frustrés, soit mal mariés, soit célibataires, qui espèrent terminer en beauté une vie amoureuse qui a été fade ou inexistante la majeure partie de leur vie. Je me rends compte que je n'arrive pas à envisager qu'ils puissent aussi être amoureux, le cœur battant et les mains tremblantes pour d'autres raisons que la maladie.

Quand je relève la tête, je vois dans le regard de ma partenaire quasi centenaire une exaltation qui me fait toujours chaud au cœur, justifiant tous les désagréments de cette vie de saltimbanque. Je baise la main de madame Joliette et la renvoie à sa place. Celle-ci semble encore dans un rêve. Que Lydie vient casser de son ton gouailleur.

« Après ce joli moment d'émotion qui, je le sais, vous a emmenés loin d'ici, il est temps de tirer le nom de notre deuxième gagnant ou gagnante. Celle qui dansera la valse avec notre vedette. Et si c'est un homme, nous aviserons, termine-t-elle sous les rires de l'assistance. Monsieur Rompti, revenez donc à mes côtés. »

Mon directeur préféré revient sur scène et tire un papier dans le chapeau que lui tend Lydie.

« Madame Veronok.

– Madame Veronok, où êtes-vous ? »

Mon Dieu ! Une dame d'une corpulence très forte s'extrait difficilement de son siège et sort encore plus difficilement de sa rangée pour se diriger d'un pas le plus alerte possible vers l'estrade. J'aurai encore mal au dos ce soir.

« J'arrive, j'arrive. »

Elle semble avoir tant de mal à grimper les deux marches que Lydie et le directeur doivent venir l'aider. Où est mon anti-inflammatoire ? Dans mon beauty-case ou dans la trousse de Lydie ? J'ai peur… Voilà qu'elle me claque une bise dynamique tout en m'étreignant contre son bonnet Z. Plus surpris que ravi, je parviens tout de même à enchaîner :

« Moi aussi je suis heureux de vous rencontrer, madame Veronok. C'est un vrai plaisir, croyez-moi. La valse, vous aimez ?

– Oh ! Monsieur Vincent ! Avec vous j'adorerais tout », minaude Barbamama.

Je lui murmure ce secret connu de nous seuls : « Pour moi aussi, madame Veronok, ce sera un bonheur sans pareil. Lydie, musique ! »

Oh la coquine, elle a choisi une valse de Strauss plutôt rapide ! Elle veut que je transpire, soit.

Je me penche cérémonieusement devant vers ma partenaire, je lui prends la main et j'entoure sa taille de l'autre bras pour faire un *cheek to cheek* très sérieux et commencer à tourner. Au début, je sens que madame Veronok est maladroite mais, reprise en main, elle se laisse guider et ferme les yeux, en extase. Depuis combien de temps n'a-t-elle pas tournoyé dans les bras d'un galant ?

Dans la salle, l'émotion est tout autre.

« On dirait un hippopotame qui danse avec un héron », entends-je très clairement au milieu de rires honteux. Pour effacer l'affront (et l'image), je fais tourner de plus belle ma cavalière qui n'en espérait pas tant.

La valse se termine avec une madame Veronok transpirante et moi-même perlant légèrement du front. Lorsque je me baisse vers elle pour lui faire un baisemain, une goutte de sueur tombe sur ses doigts et la voilà qui sourit. On se demande si elle ne va pas la lécher !

« J'avais raison quand je parlais d'hippopotame, elle est en nage », dit la même voix tombée dans l'acide.

Ne rien montrer sauf de la bienveillance envers ma cavalière et reprendre le cours du spectacle.

« Mille mercis pour ce moment fort que je n'oublierai jamais, madame Veronok » (mon dos non plus), dis-je en la raccompagnant jusqu'en bas de la scène pendant que Lydie enchaîne :

« Après ces jolis moments de poésie, voici le prix que vous attendez tous : le tête-à-tête avec votre star préférée. Qui parmi vous aura le privilège de passer un moment dans sa chambre avec Hervé Vincent autour d'une coupe de champagne ? Monsieur Rompti, il me faut une main innocente pour la dernière fois. »

Ce que la salle n'a pas vu, focalisée qu'elle était sur notre pas de deux, celui de la baleine et du héron, c'est que Lydie a remplacé le précédent chapeau contenant les noms des pensionnaires par un autre identique dans lequel un seul nom est écrit sur la dizaine de petits papiers. C'est ce nouveau chapeau qu'elle tend au directeur. Celui-ci y plonge sa grosse patte et en ressort un petit carré qu'il lit lui-même.

« Madame Rigodet.

– Madame Rigodet ! Mais quelle heureuse surprise ! s'exclame ma fille, qui se tourne vers la première rangée où la vieille dame semble tétanisée de surprise, son chien sur les genoux. Vous voyez que vous avez bien fait de descendre ! Moi en tout cas, je suis ravie pour vous. Hervé Vincent va venir vous saluer. »

J'étais parti en coulisse m'éponger et me changer pour enfiler le magnifique smoking qui m'allait déjà si bien au cimetière. Je reviens avec une écharpe blanche et une rose en velours grenat à la main, identique à celle que j'ai laissée sur la tombe de Christiane Bachon. Tel Dean Martin au Caesars Palace, ou Michel Sardou au Zénith de Rouen, je descends de l'estrade et je me dirige, avec une démarche aussi étudiée que ma gestuelle, vers le fauteuil de madame Rigodet.

« Lydie m'avait parlé d'une femme courageuse et digne, et je vous aurais reconnue entre mille, madame Rigodet. Je sens, que dis-je, je sais que nous allons passer un moment intime et chaleureux. Je dirais même plus, un moment “vrai”. À tout à l'heure, madame Rigodet. »

Et, le message étant bien passé je crois, je remonte sur l'estrade d'un pas chaloupé qui me coûte une nouvelle fois mon dos, pour enchaîner immédiatement :

« J'aimerais vous remercier, formidables pensionnaires de la Charmeraie, pour votre accueil chaleureux qui m'est si précieux. J'oserais ajouter qu'il est parfois un phare dans le brouillard éclairant la route de nos tournées à travers la France ; combien de fois n'ai-je pas dit à Lydie : "Que la Charmeraie me manque !" Cette dernière chanson, je l'ai écrite en pensant à vous… "Je me souviens de ton sourire". Musique ! »

Tout en l'interprétant, je vois ma Lydie auprès de madame Rigodet, en train de caresser le chien Biscotte d'une main distraite. Elle sourit rêveusement et on peut imaginer, grâce à ce sourire, toute la tendresse dont elle serait capable si elle se laissait aller. J'ai un flash et je la vois minuscule bébé de quelques semaines, souriant aux anges, comme on dit quand un nouveau-né étire ses lèvres dans son sommeil. Qui sont ses anges d'aujourd'hui ?

Je fais reprendre le refrain par la salle et tout le monde, y compris les aides-soignants, les Joliette, et les Veronok chantent en chœur. Le spectacle se clôt sur des applaudissements nourris et quelques tentatives de *standing ovation*. Après trois minutes de saluts en réponse aux baisers envoyés par les mains tremblotantes, je disparais dans la coulisse où m'attend ma fille.

« J'ai tout donné, ils m'ont tout pris. J'étais bien ?

– Ouais, puisque je dis rien, me répond-elle, loin des anges. Bon, je récapitule : le champagne est au frais dans le frigo de la permanence de l'étage. Son chien s'appelle Biscotte, son mari est mort depuis douze ans et elle est persuadée que son fils a empoisonné le clébard. T'as toujours les photos du york ? J'ai dit qu'on l'avait appelé Confiture.

– Confiture ?

– Ben oui. Ça faisait genre, on a les mêmes idées, les mêmes envies, etc. Biscotte, Confiture. J'ai été prise de court ! Tu fais pas de gaffe hein ?

– Jamais, tu le sais bien ! Bon, je fais ma petite sieste habituelle et j'y vais, dis-je en enlevant mon postiche qui me démange.

– Dans une heure, je te réveille !

– OK. Range bien ! »

# Chapitre 6

Depuis dix ans qu'on tourne ensemble, le temps du montage et du démontage est réglé comme du papier à musique. Pendant que l'artiste reprend des forces pour la partie la plus importante de notre travail, le point d'orgue et la raison principale de notre présence dans ces mouroirs institutionnalisés, je démonte l'installation et range le tout dans la camionnette. À la Charmeraie, j'ai de la chance parce que le brave Aziz m'accompagne.

Nous sommes au cul du van quand Samira déboule, essoufflée.

« Lydie, Lydie, madame Rigodet nous quitte mais elle voudrait te parler.

– Elle va où ? Elle veut pas de champagne ?

– Mais non, je veux dire qu'elle part.

– J'ai compris… Où ?

– Je ne sais pas où ! C'est le principe : avant on ne sait pas. Elle veut te dire un dernier mot. »

Je comprends que madame Rigodet se meurt. Elle ne pouvait pas le dire ?! « Madame Rigodet est en train de mourir et elle veut te voir. » C'est quoi cette société qui ne peut plus prononcer un mot, LE mot créé spécialement pour donner une info précise. Elle est morte, ce qui veut dire qu'elle n'est plus de notre monde et qu'elle ne reviendra plus jamais. Non, on a l'impression que dire le-mot-qu'il-ne-faut-pas-dire est trop brutal, donne une idée trop précise de la réalité. Mais bon sang, vous croyez vraiment que, comme Orwell le pense, si on fait disparaître le mot, on fait disparaître l'idée ? Mais je veux mourir, moi ! Pas tout de suite mais il n'est pas question de m'attarder inutilement dans une société que je ne comprendrai plus et qui me méprisera. Et, vu la tournure que prend ma vie affective, personne ne viendra m'apporter des gâteaux le week-end et j'aurai une toute petite retraite, entraînant forcément une chambre minable que je partagerai avec une autre vieille qui me sera aussi désagréable que je me le serai à moi-même. Réhabilitez le mot « mort », faites revenir la mort !

« Merde ! Mais tout à l'heure elle allait très bien !

– Oui, mais maintenant dépêche-toi, parce qu'à mon avis elle n'en a plus pour très longtemps. Après le spectacle de ton père, elle était toute chose, ça l'a remuée quoi ! Elle a fait un malaise et maintenant…

– Oh ! putain, c'est pas vrai, j'ai pas de bol moi en ce moment, c'est grave... »

Samira est étonnée :

« Tu t'étais déjà attachée à elle ?

– Oui, c'est ça ! »

À notre arrivée à la porte de la chambre de la mourante, nous croisons un médecin qui en sort. Il a le petit rictus désolé de celui qui n'a rien pu faire. Madame Bidart sort à son tour, tenant le chien de madame Rigodet au creux de son bras comme on porte un enfant. Elle semble émue, ou alors elle réfléchit déjà au changement de place de la photo de la vieille.

« Vous lui avez été d'un profond réconfort, Lydie. Vous lui avez rendu la fin plus facile, et ses dernières paroles ont été pour vous.

– Pour moi ? Mais c'est même pas avec moi qu'elle allait boire la coupe !

– Vous ne vous en rendez plus compte, mais ce que vous faites avec ton père, c'est génial, renchérit Samira. Vous êtes un dernier rayon de soleil dans leurs vies. »

Je déteste qu'on me dise ça. J'ai encore plus l'impression d'être une crevure sur talons :

« Tu sais, je le fais aussi pour bouffer, hein !

– Oui, mais y a pas que ça. Ça se sent que vous avez un petit truc en plus. Regarde, par exemple, madame Rigodet, tu as réussi à la faire descendre, tu t'es intéressée à elle, tu as pris le temps de bien la placer. Je l'ai vue pendant votre spectacle, elle était lumineuse, transformée. Franchement je vous admire.

– D'ailleurs notre chère pensionnaire ne s'y est pas trompée, ajoute la Bidart. Elle a tout de suite compris qu'elle pouvait avoir confiance en vous. Et elle vous confie Biscotte.

– Biscotte ? dis-je.

– Oui, elle m'a dit : "Je ne veux pas que Biscotte finisse entre les mains de n'importe qui, donnez-la à la jeune fille si gentille qui est venue me voir hier soir. C'est une bonne personne." Elle a demandé à vous voir, et comme vous n'arriviez pas, avant de s'éteindre elle a redit "confiez ma Biscotte à la jeune fille". Et puis voilà. »

Et madame Bidard, dans un geste solennel, me tend l'animal, lui aussi totalement mort. Et moi, je ne sais pas trop comment le tenir : comme un animal ou comme un objet sans vie ? Samira rajoute au malaise en caressant la bête morte.

« Tu veux la voir ?

– Qui ça ?

– Ben, madame Rigodet !

– Heu... Non, je préfère garder l'image de... Et puis les morts, c'est pas trop mon truc...

– Je lui dirai adieu de ta part alors ?

– Oui, faisons plutôt comme ça. »

Et Samira la lumineuse me tend la joue en disant : « Nous on se fait la bise, et on se dit au revoir, pas adieu j'espère. J'imagine qu'on se revoit dans deux ans.

– Non, pas adieu.

– Moi aussi je vous laisse, dit madame Bidart en se dirigeant vers l'ascenseur. Il faut que j'aille m'occuper de toutes les formalités. Mais vous connaissez la maison de toute manière.

– Bien sûr, bien sûr ! »

Revenant sur ses pas, la sous-directrice ajoute : « Nous aussi on se fait la bise. La mort des autres, c'est une belle leçon de vie pour ceux qui restent, hein ! Allez et revenez vite ! Avant qu'il y ait trop de photos dans la terre.

– Oui, oui… »

Je reste seule au milieu du couloir, le chien dans les bras. Puis je fais demi-tour et je m'en vais en tenant Biscotte par la queue, tête en bas, comme on transporterait un vulgaire sac en plastique. On n'est pas obligé d'être tous dingues non plus !

Pas de musique dans la camionnette. Plus de postiche, fini la belle veste de smoking. Des traces de fond de teint apparaissent encore un peu à la base de son cou et l'état d'esprit de papa n'est plus à l'autosatisfaction.

Il a une carte de la région sur ses genoux parce qu'il ne veut pas entendre parler de GPS. Cet homme doux et charmant est persuadé que la localisation par satellite est un moyen pour l'État de nous suivre et de nous fliquer à tous moments. Le jour où j'ai installé l'appli Waze sur mon téléphone, il a hurlé et m'a obligée à l'effacer devant lui. Depuis, il checke mon téléphone régulièrement pour vérifier que je ne l'ai pas réinstallée discrétos. D'où la carte sur les genoux, d'où le fait qu'on soit perdus.

« Après le feu, tu tournes à gauche et on tombera sur la D234.

– Mais on vient de la quitter la D234 ! Ils ont dit que dès qu'on voyait la pompe, il restait un kilomètre ! Et on en a déjà fait trois ! On va quand même pas les rappeler une troisième fois ! Reprends tes notes. Et dès que tu vois une poubelle, tu me le dis, ce truc me donne le cafard, dis-je en pointant le chien empaillé posé à ses pieds.

– Tu ne vas pas le jeter ! s'exclame-t-il.

– Évidemment que je vais le jeter ! Ça me dégoûte. C'est sûrement plein de bestioles et ça pue le vieux. J'ai pas gardé mes doudous, je vois pas pourquoi je garderais ceux des autres.

– Mais elle te l'a confié sur son lit de mort ! C'était sa dernière volonté. Bon sang, tu n'as donc de respect pour rien ?

– Si, j'ai du respect pour l'argent, pour… pour des trucs qui ne te regardent pas ! Mais pas pour les dernières volontés d'une vieille que je ne connaissais pas.

– Elle t'a confié ce qu'elle avait de plus cher, elle a cru en toi, en ta bonté d'âme…

– Preuve qu'elle n'avait plus toute sa tête !

– Tu ne peux pas faire ça, pas si vite, elle n'est même pas encore enterrée, geint-il presque.

– Encore heureux qu'elle n'ait pas demandé que tu chantes à son enterrement ! T'aurais pas osé refuser. Merde, on a oublié la bouteille de champagne dans leur frigo. »

Il ne répond pas, perdu dans ses pensées. Puis soudain, il demande :

« Tu garderas quoi de moi ?

– Quoi, je garderai quoi de toi ? Elle est bizarre ta question.

– Quand je mourrai, tu garderas quoi ?

– Waouh ! J'en sais rien moi, ton maquillage, ta laque *super strong.* »

Je sais très bien que ce n'est pas ça qu'il veut entendre.

« Ne rigole pas s'il te plaît, réponds à ma question, insiste-t-il.

– Mais qu'est-ce que ça peut te foutre ? Tu seras plus là pour vérifier.

– S'il te plaît, Lydie, ne te débine pas. Qu'est-ce que tu garderas de moi ? » implore-t-il.

Après un court silence, je réponds : « Un sentiment d'abandon. » Il voulait une réponse.

« Quoi ! Mais c'est ta mère qui t'a abandonnée ! Moi j'ai fait face !

– Huit ans de pensionnat, si t'appelles ça faire face… Merci papa pour cette enfance merveilleuse où on se voyait trois fois par an. Grâce à toi, grâce à elle, j'ai pas eu de claques mais je n'ai pas non plus eu de baiser du soir.

– Enfin, tu avais 10 ans ! Ne joue pas ta Cosette s'il te plaît. Et tu étais dans le pensionnat le plus chic de Suisse, qui me coûtait les yeux de la tête.

– Mais même toi, à 70 ans, t'as encore besoin d'être câliné et embrassé par des vieilles aux ratiches pourries. Ne nie pas, tu y as pris goût. Alors ne t'étonne pas qu'une fillette de 10 ans, et même plus, ait aussi eu besoin du bisou du soir ! T'as pas compris que le luxe des ados c'est de pouvoir cracher à la figure de leurs parents parce que ceux-ci la tournent vers eux ? "Je ne veux pas que tu m'aimes parce que je sais que tu m'aimes !" Mais avec des parents aussi absents que vous, comment je pouvais savoir que vous m'aimiez ? Vous, vous gardiez quoi de moi pendant ce temps ? Une petite photo dans votre portefeuille ? »

À ce moment précis, mon téléphone sonne.

« Allo ? Qui ? Maître Wolfon ? Oui, bonjour ! » Je fais signe à papa de sortir mon grand classeur de la sacoche. « Madame Léondi… Attendez, laissez-moi me rappeler… » Il cherche rapidement parmi les feuilles. Pour tomber sur une fiche qu'il brandit avec jubilation. « Ouiii, madame Léondi, qui était au Val d'Or à Roubaix, dis-je en lisant les infos étalées sur ses genoux. Je m'en souviens très bien, elle avait gagné la coupe de champagne avec Hervé Vincent. Ils s'étaient beaucoup amusés tous les deux, ils adoraient la crapette rapide et avaient fait des parties endiablées. Je crois même qu'elle avait gagné… » Il est épaté, le vieux notaire. « Oh vous savez, c'est ma fierté de me rappeler les jolis moments de la vie, sinon à quoi ça sert d'avoir de la mémoire ? »

Papa aussi semble surpris par ma repartie et me le fait savoir à grands coups de pouces levés. Pff, ça fait partie du job.

« Elle est morte. Que c'est triste… Une femme si gaie… ! Et elle nous a légué quelque chose ? Mais c'est incroyable ! »

C'est incroyable, espéré, et pas totalement inattendu.

« Oui, évidemment que l'on peut venir vous voir. Vous êtes dans quel coin ?… Quand ?… Demain ?… Non ce n'est pas possible… » Papa me fait comprendre qu'il conduira s'il le faut. « Quoique… En partant tôt et en faisant un crochet… » Pouce levé du paternel.

Depuis quand on n'aurait pas le temps d'aller chercher un héritage ?

« Écoutez, ne changez rien, on sera là avant midi ! 18, rue de la Grande-Ouvrière ? Pas de problème, nous y serons. À demain, Maître… »

Une fois que j'ai raccroché, je laisse éclater ma joie. Il est peut-être pour bientôt, ce putain de trésor !

« Ne t'emballe pas Lydie, elle me laisse peut-être son jeu de cartes, tempère mon père, lucide.

– On ne nous appellerait pas pour si peu. Hôtel des Deux Fusils ! Ça y est, je le vois, on est arrivés ! »

# Chapitre 7

Enfin l'hôtel, promesse d'un bain chaud, d'un repas digne de ce nom et d'une bonne petite bouteille pour rabibocher les familles et les consciences.

« Atchoum ! AAAAtchoum ! C'est pas de la merde, ça ? enrage Lydie entre deux éternuements. Il a les poils qui se décrochent ce… ce truc. Je ne supporte déjà pas les chiens vivants, je ne vais quand même pas me rendre malade pour ce machin-là, non ? Atchoum !

– Moi, je l'aime bien cet animal. Je ne sais pas, je sens qu'il a dû être sympa. »

J'ai l'impression qu'il me regarde. J'aurais bien aimé avoir un chien, un cocker qui ne m'aurait pas quitté d'une semelle. On aurait fait équipe tous les deux : il m'aurait aimé quoi que je fasse, dans la réussite ou dans l'échec, et moi je l'aurais promené et je lui aurais envoyé son bâton très loin, pour l'épuiser. L'envie d'un compagnon sur pattes me prend comme une envie de pisser.

« Il a dû être sympa, il a dû être sympa… Atchoum ! Peut-être qu'il bouffait tout le monde. Mort on a toujours l'air plus sympa ! ricane ma fille.

– Oh, mais toi, tu vois toujours le mauvais côté des choses, alors qu'il y a plein d'avantages.

– Des avantages ? À avoir un chien mort ?!

– Que des avantages, même. Il n'aboie pas, il ne bouge pas, il ne mange pas, il ne pisse pas, ne chie pas, il ne mordra plus jamais personne, on le caresse quand on veut, il ne demande jamais rien, on peut le laisser dans la voiture, ça fait chien de garde… Et puis surtout, tu peux t'y attacher parce que tu n'auras jamais de chagrin : il ne risque pas de mourir, puisqu'il est déjà mort.

– Une vie sans vie quoi », dit ma fille en sortant de la camionnette.

Il a l'air très bien ce petit hôtel trois étoiles, avec son perron et sa lourde porte en bois et son marteau en forme de poing. Je peux imaginer les voyageurs du soir dans leur grande pelisse, par les nuits d'hiver, battant celui-ci pour réveiller l'hôtelier. Aujourd'hui, une petite fille emmitouflée dans une doudoune rose joue avec sa poupée sur les marches. Lydie, en plus de sa valise, tient le cadeau de cette brave Mme Rigodet par la queue. Elle s'arrête devant la fillette.

« Bonjour ma petite ! Tu aimes les chiens ?

– Oh ben oui, alors ! répond celle-ci.

– Si tu veux je te donne celui-là. Il s'appelle Biscotte, dit-elle en lui tendant l'animal.

– Vous me le donnez à moi ? s'écrie-t-elle pleine de joie.

– Oui, et tu verras, il est très gentil ; il fait pas caca, il obéit et en plus tu pourras le garder toute ta vie, parce qu'il est déjà mort.

– Oh, merci beaucoup madame ! »

Et moi je ne dis rien. Je regarde cet échange sans réagir parce que je ne m'habitue pas à sa docte méchanceté méprisante. En trois phrases, elle a balayé l'amour inconditionnel d'une vieille propriétaire pour son chien et elle a expliqué le sens de la vie à une gamine de 8 ans.

La réceptionniste est une personne bien en chair, qui doit tremper plus qu'il ne le faut ses doigts dans les sauces, comme le laisse supposer la tension du bouton de son chemisier. Ces femmes-là sont des promesses qu'elles tiennent en général. Lydie s'adresse à elle comme si elle était un obstacle à contourner sur le chemin de la félicité.

« Bonjour, nous avons réservé une chambre avec deux lits au nom d'Hervé Vincent.

– Et nous allons prendre deux chambres avec un grand lit, si c'est possible. » De les voir face à face, la gourmande et le bout de bois sec, m'a donné envie de m'éloigner de la noirceur de ma fille. Si la vie, la chance, et cette gironde personne me le permettent, je veux pouvoir profiter d'une nuit en *single bedroom*.

« Et pourquoi ? demande Lydie en se retournant vers moi, plantant son regard assassin dans le mien.

– C'est ma fille ! ai-je besoin de préciser à la promesse.

– T'as pas besoin de dire que je suis ta fille, ça se voit suffisamment. Tu crois quoi ?

– Ah ! Les enfants, c'est envahissant parfois, n'est-ce pas ?! Vous avez des enfants vous-même, peut-être ?

– Oui, j'ai une petite fi... »

Mais Lydie l'interrompt.

« On s'en fout, filez-nous la clé de la chambre et...

– Non, on ne s'en fout pas ! je m'écrie. Je suis fatigué, moi ! Fatigué de la promiscuité. S'il vous plaît, donnez-moi la clé de MA chambre. Mademoiselle fera comme bon lui semble de son côté. »

Pas contrariante, et pas « complet » non plus, la patronne me tend une clé.

« Voilà, je vous donne la 27, c'est au deuxième étage.

– Merci. Je dînerai au restaurant, où j'aurai le plaisir de goûter votre cuisine, j'espère ? Vos charmants yeux verts m'ont ouvert l'appétit. C'est possible ? » Elle opine du chef et je lui dis : « Alors c'est dit, à tout à l'heure. »

Je m'éloigne dignement et je monte les escaliers le dos droit, traînant ma petite valise à roulettes. Derrière moi, j'entends la patronne claironner à Lydie :

« Et pour vous mademoiselle, ce sera la 34, c'est l'étage juste au-dessus. Elle est spacieuse, vous verrez…

– Y a rien à côté de mon père ? C'est qu'il n'est plus tout jeune… »

Je vais redescendre pour l'étriper !

« Oh, vous êtes taquine. Non, je suis désolée, je n'ai rien à côté. Mais vous serez vraiment très bien dans la 34.

– Ouais, c'est ça, merci », râle Lydie en lui arrachant la clé des mains avant de foncer dans l'escalier.

Je suis en train d'ouvrir ma porte quand je la vois débouler.

« Non, mais tu te crois malin, prendre deux chambres, ce n'est pas comme ça qu'on va réussir à…

– L'idole est fatiguée, la vedette a besoin de souffler, point final.

– Ouais, c'est ça, t'es fatigué. Tu crois que j'ai pas vu tes petites simagrées ?

– Pardon ?

– Les yeux verts, la cuisine… Tu me prends pour une conne ? Berk ! Tu me dégoûtes ! Je vous imagine, la grosse et le vieux beau, pouah ! c'est répugnant.

– Elle n'est pas grosse, elle est appétissante.

– Ouais, c'est ça, elle n'est pas grosse, eh ben tu verras. En tout cas, n'oublie pas ton Viagra parce que le mou, ça ne rentre pas dans le mou.

– Bonne nuit ma chérie », dis-je en lui claquant la porte au nez avant que ses paroles ne pénètrent mon cerveau pour y faire leur nid. Je ne suis pas vieux, elle n'est pas grosse, je suis un homme et c'est une femme, je suis séduisant et elle a de beaux yeux. Rien d'autre ne mérite mon attention.

« Je te rappelle que demain on part à 7 heures ! »

Voilà, c'est cela, revoyons-nous demain. D'ici là oublions-nous.

Elle est très agréable cette salle à manger avec ses vitres à carreaux ronds et jaunes, très « primitif flamand » peint par Vermeer. Il y a un mini-vase et une chandelle sur chaque table damassée. C'est légèrement pompeux et empesé mais je m'y sens bien parce que les bruits du monde moderne ne semblent pas pouvoir y pénétrer. À part moi, il n'y a qu'un couple de touristes anglais dans la salle. Je me suis changé, j'ai remis mon smoking. Je suis trop élégant pour l'endroit mais je m'en fiche. Pour une fois que je dors seul, je veux oublier que je suis un père collé à sa fille. J'ai commandé un americano que je compte siroter devant la biographie d'Yves Montand.

Ah, voilà la patronne :

« Vous avez fait votre choix ?

– Pas du tout. En vous regardant je suppose que tout est délicieux et j'ai envie de mettre mon destin entre vos mains.

– Eh bien, c'est-à-dire que... En entrée, j'ai préparé une tarte aux oignons, si vous aimez l'oignon...

– J'adore l'oignon ! »

Mais qu'est-ce qui m'arrive, je deviens grivois !

Rougissante – comme c'est charmant ! – elle continue :

« Ensuite j'ai fait un bœuf carottes, si vous aimez les... les carottes. Elles sont du jardin.

– J'adore les carottes. Vous êtes parfaite !

– Et pour finir, en dessert, j'ai un lit au raie. Oh pardon, excusez-moi, un riz au lait, termine-t-elle en pouffant.

– J'adore, j'adore ! »

J'adore son menu et j'adore son œil qui brille quand elle l'énonce. Mon Dieu, cette soirée aura peut-être une prolongation inespérée !

« Je vous sers un peu de vin ? ajoute-t-elle, commerçante jusqu'au bout du corsage.

– Un verre de bordeaux, si vous avez. Je ne peux pas trop boire à cause de mon métier, mais le bordeaux, c'est bon pour la voix.

– Je vous apporte ça tout de suite.

– Prenez tout votre temps, je me sens très bien ici », dis-je en parcourant la salle du regard comme si je me trouvais au Crillon ou sous les ors de Matignon.

# Chapitre 8

Elle est moche, cette chambre. Mais pas plus que les autres. Il lui reste un fond d'odeur de tabac froid, comme souvent dans les hôtels qui n'ont pas eu les moyens de changer la moquette et les rideaux depuis la nouvelle loi Evin. Ou qui n'ont pas changé de clientèle, ces VRP qui ne se sont pas arrêtés de fumer du jour au lendemain mais qui ont simplement appris à ouvrir leur fenêtre. Qui les blâmerait ? On ne veut plus de votre vice, ayez une vie de merde sans adjuvant, bande de ploucs ! semblent clamer les slogans antitabac.

Oh, y a un minibar ! C'est rare dans les hôtels de cette catégorie. Et il est plein à craquer en plus. Venez voir tata Lydie mes mignonettes, elle ne va pas vous faire de mal, que du bien même.

Enfin seule ! Putain, je ne suis jamais seule. Il avait peut-être raison le vieux. Ça ne peut pas nous faire de mal. Mais jamais je le lui dirai. Allez hop, un petit programme à la con.

Oh, il est magnifique celui-là, je ne le connaissais pas : un jeu télévisé où une candidate en larmes peut perdre 500 000 euros si elle n'ouvre pas le bon coffre. Avec un animateur sirupeux au possible. Si j'ai bien compris, il y avait dix boîtes renfermant chacune une somme entre 3 euros et 500 000 euros. À chaque choix de boîte, elle élimine la somme que celle-ci renfermait. Et la dernière boîte lui donnera le montant final qu'elle gagnera. Pas de chance, j'arrive à la fin.

« Attention, pour cette ultime partie, il vous reste à choisir entre un coffre à 3 euros, un coffre à 10 000 euros, et toujours celui à 500 000 euros. Vous voulez ouvrir lequel, Sylvie ? demande l'animateur, véritable Mister-dents-blanches.

– 500 000 euros… C'est le prix de ma maison, salaud ! je lui crie devant ma télé.

– Le coffre bleu, répond la candidate, en larmes.

– Le bleu, vous êtes sûre ? Réfléchissez bien ! »

Y a pas à réfléchir, c'est du hasard. Tu vas lui faire perdre 500 000 euros, juste par hasard, enfoiré !

– Le rouge alors ? »

Elle est perdue, la petite dame. Elle ressemble à madame Bidart et pourtant elle me fait pitié.

« Je vous rappelle qu'il y a une très grosse somme en jeu. 500 000 euros ! » répète le sadique ultra-payé.

Je vais leur envoyer un Tchétchène, à lui et à tous ses camarades tellement bourrés de pognon qu'ils n'osent jamais donner le montant de leur salaire. J'ai envie de leur faire mal. Ce genre de salauds, tu sais jamais si c'est la douleur physique ou la douleur mentale qui leur fera le plus de mal. Qu'est-ce qu'ils ne veulent surtout pas : qu'on leur pète les dents ou qu'on leur casse leur PEL de la taille du PIB de la Moldavie ? Cinq cent mille euros, c'est ce que tu gagnes par mois pour qu'on regarde ton jeu pourri !

« Je ne peux pas perdre… C'est pour faire opérer ma mère aux États-Unis parce qu'elle a une maladie orpheline, vous comprenez, sanglote la candidate.

– Je sais que c'est important pour vous. Nous sommes tous à vos côtés Sylvie, lui répond le diable en costume dont j'ai envie de brûler les poils un à un au chalumeau. Le public, encouragez Sylvie ! » Et ce public de débiles qui applaudit.

« Le coffre vert ? » ose-t-elle en faisant la grimace. Elle mourra avant sa mère si le suspense continue.

« Malheureusement je ne peux pas vous aider Sylvie », sourit Gargamel.

C'est ça. Et si elle perd, elle aura plus qu'à se pendre. J'ai envie de chialer.

« Il faut prendre une décision Sylvie, c'est le jeu. Quel est votre choix ?

– Le rouge, ose-t-elle dans un vrai sanglot, elle.

– C'est votre ultime choix Sylvie ? Alors dites "ultime choix". »

T'es pas un animateur, t'es un dealer de misère, un mac de l'audimat.

« Je ne sais pas…

– Il faut vous décider, 5 secondes… »

Tu serais pas une sorte de gros empaffé par hasard ? Tu vas quand même pas envisager de faire perdre 500 000 euros à cette pauvre gonzesse rien que pour qu'on mate ton émission de raclure ?! Enfoiré, elle est au Smic ; il lui faudrait quarante ans pour les gagner, tes 500 000 euros. Si ça se trouve, demain, pendant que tu présenteras encore ta pourriture quotidienne, elle se suicidera pour ne pas avoir à ruminer toute sa vie qu'un jour en ouvrant des coffres à la télé, elle n'a pas eu de bol !

Moi, à sa place j'irais me supprimer. Personne ne mérite de gagner 500 000 euros sans rien faire d'autre qu'en ouvrant des coffres. Ça, déjà, c'est naze. Mais oser faire perdre 500 000 euros devant la France entière à quelqu'un que ça sauverait de la misère, juste pour faire monter ton petit audimat à la con, ça me fait gerber.

Merde, y a plus de cacahuètes dans le minibar. Je suis fatiguée. J'en ai marre. Qu'est-ce que je fous là, à me saouler toute seule dans une vieille chambre d'hôtel ? J'ai 35 ans ! Faut que je me barre de cette vie pathétique. *J'ai la tête qui éclate, j'voudrais seulement dormiiir. M'étendre sur l'asphalte, et me laisser mouriiir...* Si au moins j'écrivais de belles chansons.

« Le vert ! C'est mon ultime choix », lance Sylvie-des-régions pour abréger sa propre souffrance.

Nooon ! Pas celui-là ! Je le sens pas ! Je le vois qui tend la main vers le coffre vert.

« J'ouvre le coffre !... 500 000 euros... Quel dommage Sylvie ! Pourquoi avez-vous changé au dernier moment ?

– Je ne sais pas... »

Elle est au bord de l'évanouissement, cette pauvre femme. J'ai envie de la prendre dans mes bras et de la rouer de coups en même temps.

# Chapitre 9

Les touristes anglais quittent la salle au moment où la patronne m'apporte mon café. Je m'en suis collé : entrée, plat, fromage et dessert.

« Je me suis tout bonnement ré-ga-lé », dis-je en m'essuyant la bouche. C'est dommage qu'il n'y ait pas de cure-dent, je déteste l'idée d'avoir un bout de salade coincé entre les dents.

Osant rester un peu, maintenant que le service est terminé, ma gironde camarade me demande en rougissant :

« Vous disiez tout à l'heure que le bordeaux était bon pour votre voix… Vous êtes comédien ? Je suis curieuse, hein ?

– Non, au contraire, chère madame, cela me fait plaisir que vous vous intéressiez un peu à moi. Je suis chanteur. D'ailleurs si vous me le permettez, cela me ferait plaisir que vous acceptiez ceci, c'est mon dernier album. » Et je sors un CD de ma poche. Oui, j'ai toujours un CD de mes titres avec moi ; à tous moments je dois pouvoir présenter mon travail à un éventuel tourneur ou promoteur de spectacles. On est professionnel ou on ne l'est pas.

« Oh ! Avec plaisir », dit-elle en admirant la photo qui orne la pochette du disque. On m'y voit en smoking blanc assis devant un piano à queue laqué, blanc lui aussi, sur fond bleu-gris. Un chandelier éclaire légèrement mon visage. Pour ce portrait, j'avais voulu la maquilleuse de Michel Sardou. Elle estompe très bien les cernes et ne laisse apparaître que les rides d'expressions. Jamais je ne m'étais senti aussi beau. Quand j'ai un coup de mou, je regarde la photo et la savoure comme un enfant le fait avec un bonbon retrouvé au fond de la poche. J'ai été cet homme-là et j'en ai la preuve, la voici. Si on payait un supplément, elle donnait des cours de maquillage, mais Lydie avait refusé la dépense. Je crois que je lui en veux encore. On peut retrouver sur la pochette l'ambiance des musiques de Richard Clayderman et le visuel « artiste bohème » d'André Rieu. Pour le coup, j'avais laissé Michel Sardou de côté. Il est petit et méditerranéen et je voulais jouer la carte du concertiste élégant mais solitaire.

« J'écoute énormément de musique, je déteste le silence. La solitude ici ce n'est pas toujours facile. Alors votre disque, il tombe très bien. Merci. Vous êtes très beau sur la pochette », ajoute cette jeune dame que je trouve de plus en plus charmante. J'aurais vraiment dû prendre ces cours de maquillage ! Pourquoi ai-je écouté ce petit nuage noir de Lydie ? Mais qu'a-t-elle dit ? Qu'elle vivait seule ?

« Vous vivez seule dans ce grand hôtel ?

– Non, je vis avec ma fille, d'ailleurs quelle heure est-il ? Elle a école demain et il va falloir que j'aille la coucher. Et au fait, votre fille à vous, elle ne soupe pas ?

– En général, non ! »

Évidemment qu'elle dîne en général. Mais elle, là, elle boude et je sais qu'elle est en train de ruminer sa vie foutue et misérable avec son imbécile de père qui ne la comprend pas, qui ne l'aide pas, etc. Rumine bougresse, rumine, tu produiras de la salive et il paraît que c'est elle qui donne le sentiment de satiété.

« Et personne ne vous aide dans cette grande maison ? » Toujours revenir à son objectif.

« Si, j'ai deux employés. Et mon mari quand il est là. Mais depuis qu'il fait l'international, c'est sûr, ça rapporte plus, mais je le vois moins souvent. Routier, c'est dur. On n'avait pas le choix, juste avec l'hôtel, on s'en sortait plus. Et puis si la petite, elle veut faire des études… »

Non ! Pitié ! Pas les enfants ! Pas les envies d'une petite fille de 8 ans. Si elle savait à quel point la vie d'une enfant de 8 ans peut basculer, elle n'envisagerait même pas de parler de ses envies.

« Alors, je vais vous laisser aller vous occuper de votre fille. Mais dites-moi, cela vous dérangerait-il ensuite de me monter une infusion dans ma chambre ? Prenez votre temps, je vais lire un peu. Une verveine, si vous avez ?

– Si vous voulez, j'ai du tilleul, c'est moi qui le ramasse.

– Eh bien, va pour un tilleul ramassé par vos blanches mains. À tout à l'heure, donc », dis-je en déployant ma grande carcasse.

Une fois arrivé dans mes appartements, je me change pour enfiler mon « pyjama de mac » comme l'appelle Lydie : un pyjama de soie rouge avec un grand dragon brodé dans le dos. Moi, je l'appelle « mon habit de nuit ». Je l'ai acheté un jour d'espoir : je n'allais tout de même pas passer le reste de ma vie à dormir avec ma fille dans des chambres minables d'hôtels minables ! Je voulais croire qu'un jour, on pourrait se payer chacun une suite et là… mon dragon trouverait toute son utilité. En attendant, il me suffit de le sortir de ma valise et de le pendre dans le placard pour me dire que… oui… cette nuit arrivera… un jour. Mon petit tête-à-tête en fin de repas m'a donné envie d'y croire. Ce soir, c'est fête ! Je n'aurais pas dû manger autant.

Une fois changé, lavé, peigné, je vaporise la pièce avec mon parfum personnel. Je m'étends sur le lit mais je ne peux m'empêcher d'aller inspecter mon aspect dans le miroir, je me recoiffe et je retourne m'allonger. J'ouvre la biographie de Montand mais je regarde une de ces émissions sur la vie trépidante des gendarmes à Besançon. La voix off nous fait croire qu'on est dans *Miami Vice* mais ils coursent un jeune Arabe pour 20 grammes de shit qu'ils exhibent comme s'ils avaient fait vaciller l'économie de la Colombie. La biographie de Montand, c'est parce que j'adore ce genre de livres remplis de vies inspirantes qui ne font rien d'autre que me donner l'impression que je suis encore loin du Graal. Dans la camionnette, tout à l'heure, c'était la première fois qu'on abordait le sujet de ma propre mort avec Lydie. Avoir été un mauvais père, ça fait bien ou moins bien dans une bio ?

On frappe à la porte. J'éteins la télévision et je me plonge dans mon livre.

« Entrez ! Ah, c'est vous ! » dis-je, faussement étonné.

Elle aussi s'est recoiffée et maquillée depuis tout à l'heure. Son chemisier est plus ouvert, laissant entrevoir son opulente poitrine.

« Voilà l'infusion ! clame-t-elle, toute guillerette. Je pensais… enfin… j'ai oublié de vous demander… vous êtes marié sans doute vous-même ? »

Mais qu'elle est charmante et naïve ! À croire que si je suis marié, elle ne fera rien pour ne pas faire de peine à ma femme.

« Je l'étais… Une merveilleuse histoire à laquelle un chauffard a mis fin. Je n'ai rien dit tout à l'heure mais c'était un camionneur, justement.

– Oh ! Je suis désolée, si j'avais su, je n'aurais pas…

– Ne le soyez pas, vous ne pouviez pas savoir. Acceptez de partager mon infusion, j'ai vu qu'il y avait une tasse, là », dis-je en montrant le petit plateau d'accueil sur l'éternelle commode du minibar. Elle veut aller s'asseoir sur la chaise à côté de la fenêtre mais je la fais se poser à côté de moi sur le lit. Elle semble mal à l'aise mais ses yeux brillent de curiosité, d'audace, et d'étonnement d'être si audacieuse. Je sens qu'elle voudrait déjà être dans mes bras et qu'elle en a très peur aussi. Je me trouve sexy et désirable.

« Que pensez-vous de mon dragon ? dis-je en me retournant. Il est impressionnant, non ?

– Oui, il fait même un peu peur.

– Touchez la soie des broderies, je l'ai fait faire à Shanghai où j'ai donné un récital pour les Français expatriés il y a quelques années. J'ai eu quinze minutes de rappels. »

Elle tend la main avec précaution vers mon pyjama à 20 euros trouvé dans un bazar au pied d'une tour de Belleville et je la sens qui frôle délicatement la broderie. Je me retourne alors pour lui prendre les doigts que je porte à mes lèvres en la regardant par en dessous. Son bouton de chemisier va exploser.

Moi aussi j'ai cru un moment que j'allais exploser mais je n'ai pu faire venir qu'un pétard mouillé. Je suis remonté sur le vélo, j'ai commencé à pédaler mais la chaîne a déraillé et je suis tombé sans avoir eu le temps de sentir le vent de la liberté. Elle avait raison Lydie, je n'ai même pas réussi à cracher mon yaourt. J'ai gardé mes chaussettes et elle a toujours sa jupe, mais retroussée jusqu'au nombril. Je crois qu'elle a perdu un bouton quand nous avons basculé l'un sur l'autre, nos lèvres prises et mes mains farfouillant dans son chemisier.

« Écoutez, je suis désolé, on recommencera tout à l'heure si vous voulez », dis-je en enfilant ma culotte de pyjama. Je ne lui lance plus aucun regard par en dessous. J'ai envie qu'elle s'en aille même si j'ai aussi envie de savoir si le problème est plus technique que psychologique.

« Non mais ce n'est pas grave, vous savez... dit-elle en se tortillant pour remettre son sous-vêtement.

– Je ne sais pas si c'est le fait d'avoir évoqué ma femme tout à l'heure ou le bœuf-carottes, mais je vous assure que je ne suis pas coutumier du fait.

– Je vous promets que ça va très bien. De toute manière, je vais y aller, si jamais ma fille se réveille…

– Vous ne voulez pas rester encore un peu et que l'on retente un petit quelque chose plus tard ?

– Non, il vaudrait mieux que j'y aille. »

Soudain, on frappe deux coups violents à la porte et Lydie entre comme une furie.

« Papa ! papa ! Ça ne va pas, pas du tout ! »

Et elle vomit sur le tapis.

Roselyne (c'est le prénom de l'accorte patronne) est partie se coucher. Je reste sur cet échec sans avoir le temps d'y penser puisqu'il faut relever Lydie, lui laver la bouche et le visage et la mettre dans mon lit. Je la borde comme je ne l'ai pas assez fait quand elle était enfant. Et je le regrette parce que j'aime ce geste de relever le drap jusqu'au cou, et de l'aplanir comme si on voulait repasser notre enfant des plis que font les soucis.

Je lui apporte un verre d'eau et un linge mouillé pour lui rafraîchir le front. La pauvre, elle est mal en point.

« On est nuls, on doit se lever tôt pour aller chez le notaire et on fait n'importe quoi ! gémit-elle en n'essayant même pas de soulever une paupière.

– Mais non, on s'est juste un peu amusés. Ce n'est pas grave !

– Siiii c'est grave, on n'est pas là pour s'amuser.

– Évidemment qu'on est là pour s'amuser, ma fille.

– Non, on s'amusera plus tard, quand…

– Quand quoi ? Quand on sera dans une chambre "hygiène et sécurité" et qu'il y aura un autre Hervé Vincent qui viendra chanter avec une vieille Lydie rabougrie, des dollars dans les yeux ? Ne t'inquiète pas ma fille, tu seras la plus riche du cimetière.

– J'espère bien. Mais d'ici là, va falloir trimer.

– Oui colonel Parker, lui dis-je.

– C'est qui celui-là ?

– Le mec qui gérait Elvis. Tu vois ce que ça a donné.

– Moi aussi je veux mon Neverland, murmure-t-elle.

– C'est quoi ça le « neuf heures *land* » ?

– Neverland. La maison de Michael Jackson. Y avait des manèges et un zoo privé en plus d'une maison gigantesque et d'un héliport.

– Tu l'auras ma chérie, tu l'auras.

– Le Lydie's Land, le Lydie's Land… »

Et elle s'endort pendant que je lui caresse le front. Ma petite fille, ma grande petite fille.

Soyons francs, le lendemain matin, à la réception de l'hôtel, l'ambiance est morose au moment de régler l'addition. La gentille Roselyne a perdu son air avenant et son sourire de femme gironde.

« Voilà, le total est là et je ne prends plus les chèques, dit-elle en tendant l'addition.

– Et c'est quoi, ça, le supplément de 45 euros ? s'enquiert Lydie, dont il ne reste aucune trace de ses déboires.

– C'est pour le nettoyage supplémentaire de la moquette de Monsieur Vincent…

– Et le nettoyage de ton cul, c'est combien ? Tu le comptes pas ?

– Ça suffit Lydie ! On va payer, évidemment, dis-je à l'adresse de mon amante d'une nuit. Je suis désolé que ça se passe comme ça. Je peux vous parler deux secondes en privé, Roselyne ?

– Non, je n'ai pas le temps !

– J'aurais voulu… » J'insiste et je me sens minable mais elle a sorti Biscotte de dessous la réception et ajoute :

« C'est à vous ce sac à poussière ? Ma fille est asthmatique, et c'est vraiment d'un goût douteux, alors reprenez ce machin. Merci. Et si vous pouviez éviter de revenir…

– C'est dommage, l'accueil est chaleureux entre tes cuisses, hein, papa ?

– Ça suffit, maintenant, sortez !

– Sortez, rentrez, sortez, rentrez, faudrait savoir ! »

J'ai honte d'être au milieu de cette scène. Et Lydie, pourquoi faut-il toujours qu'elle cache sa culpabilité sous la colère ? Je lance à ma partenaire d'un soir un regard qui veut dire : « Moi, j'ai beaucoup aimé le moment que nous avons partagé hier. Vous m'avez charmé et je suis vraiment désolée que ma fille soit venue tout gâcher. Mais c'est ma fille vous comprenez ? » Et le regard qu'elle me renvoie me dit qu'elle niera jusqu'à sa mort avoir vécu ce moment à mes côtés. Je crois que c'est ce qui me fait le plus mal.

« Et pour le véhicule, l'hôtel n'est pas responsable, ce n'est pas un parking privé ! »

La porte latérale du camion est ouverte, elle a été forcée. En sortent pêle-mêle mes costumes et quelques accessoires qui gisent sur le sol, sens dessus dessous. Lydie se précipite tandis que je reste sans voix.

« Oh ! Bordel, ils ont tout sorti, regarde : les disques, les roses, les costumes, le maquillage. C'est clair qu'avec une fenêtre en plastique, on leur a bien facilité la tâche. Mais qu'est-ce qu'ils voulaient ? Apparemment, ces bâtards n'ont rien piqué. Allez, de toute façon, on ne va pas épiloguer cent sept ans. On est à la bourre, on se barre et on ne revient jamais ici comme ta nouvelle copine nous l'a demandé », s'énerve-t-elle tout en fourrant nos affaires n'importe comment dans la camionnette. Elle y jette aussi sa valise, la mienne et le teckel empaillé. Une fois au volant, et en me laissant à peine le temps de refermer ma portière, elle démarre en trombe.

# Chapitre 10

Mais quelle merde je suis ! Pour une fois que j'avais une chambre à moi et que je pouvais faire ce que je voulais sans le regard du vieux, il a fallu que je me saoule comme une vieille pochtronne. Qu'est-ce qui ne va pas chez moi ? C'est ça, la vie ? Une suite de boîtes qui distribuent des bonnes et des mauvaises surprises ? « Ah, pas de chance, dans l'autre boîte, votre mère restait. » « Dommage, en ouvrant celle-ci vous tombez sur un amour à 5 balles. Dans l'autre boîte, y avait l'amour inconditionnel d'un homme beau et riche. » En même temps, si la vie c'est comme le jeu, j'ai ouvert toutes les boîtes pourries et il ne reste que les boîtes gagnantes à découvrir.

« Lydie, j'aimerais qu'on parle de ce qui s'est passé cette…

– Non, j'ai pas envie d'en parler. J'ai trop bu et j'ai vomi, point barre. Désolée si ça t'a fait foirer ta nuit torride avec “gros cuissots”. Tu veux aussi qu'on en parle, de ton pyjama pathétique de mac frustré ? On va oublier cette nuit pour se concentrer sur le rendez-vous qui nous attend. On n'a pas été pros, on n'a pas été pros. Passons à autre chose. »

Pourtant, on y est en plein, dans l'histoire. Toutes les histoires de père et fille qu'on raconte dans les films ou dans les livres ne se passent toujours qu'entre une fille très jeune qui idolâtre son père ou une ado qui le méprise et qui doit le « tuer » pour s'en émanciper. Mais jamais on ne suit les aventures d'une « vieille » fille et de son vieux père. Aucune femme de plus de 30 ans qui vit encore avec son géniteur n'est charmante, aucune de ses histoires n'est enviable, romantique ou inspirante. Une fille vieille et son père âgé sont pathétiques, un peu dégoûtants et limite incestueux.

Je me demande si les gens que l'on croise pensent qu'on couche ensemble. J'ai envie de crever. Faites-moi sortir du jeu des boîtes, je préfère aller à la Roue de la Fortune. Une seule relance et le sort en est jeté. Faut vraiment que j'aie l'espoir d'un héritage qui changerait tout pour continuer cette vie de romanichels sans roulotte. Et le pire, c'est que je l'ai encore, cette pensée magique qui ferait se tordre la réalité de nos vies minables.

J'ai roulé vite et c'est avec cinq minutes d'avance que je gare devant l'étude du notaire la camionnette de plus en plus misérable avec sa fenêtre en plastique et sa portière qui ferme mal.

Pour l'occasion, on s'est tous les deux habillés de noir. Papa est super chic dans son costume de velours, comme d'hab, et moi, j'ai l'air d'une grande pie qui cherche ce qu'il y a à voler dans le nid des voisins.

À l'intérieur du bureau de l'étude du notaire, on rejoint une femme du même âge que la Vedette et un jeune homme qu'on nous a présenté comme son petit-fils. Il n'a pas école un jeudi matin, le boutonneux ? En tout cas, il est très bien ce notaire. Clair et précis. Il nous rappelle qui était madame Léondi, cette brave vieille que j'avais repérée lors de notre premier passage aux Chênes il y a six ans. Mais c'était trop tôt pour elle, elle paraissait encore fringante. Je les sens mûres quand leur regard se perd dans le vague au moins une fois par minute. À notre dernier passage, elle avait souvent les yeux mouillés, là elle était à point. Tout mon « art » se trouve dans l'appréciation de l'état de santé de la personne âgée et l'état de son portefeuille. Offrir la rose trop tôt, c'est un coup dans l'eau, et trop tard… c'est trop tard.

« En résumé, madame Léondi laisse à monsieur Hervé Vincent ici présent sa maison sise au 9 de l'avenue du Chant-d'Oiseaux à Roubaix, à madame Jeanne Bonhomme les meubles de la maison du 9 avenue du Chant-d'Oiseaux et au petit-fils de madame Bonhomme son étole en chinchilla.

– Mais c'est pas possible ! Je vais habiter où moi ? pleurniche la vieille Jeanne.

– Pardon chère madame, que voulez-vous dire ? s'enquiert poliment l'artiste que la joie de l'héritage n'empêche pas d'être soucieux du bien-être d'autrui.

– J'habitais dans la maison de madame Léondi. J'ai été sa gouvernante pendant vingt-cinq ans et quand mon mari et ma fille sont morts, elle nous a accueillis, mon petit-fils et moi.

– Quelle femme exceptionnelle ! Quelle patronne généreuse ! » s'exclame le nouvel héritier. Il est parfait, mon père.

« Tu parles, elle lègue tout à un mec qu'elle a vu une fois dans sa vie et se fout de mettre ma grand-mère à la rue ! s'énerve l'ado.

– Peut-être qu'elle en a eu marre de vous faire la charité », j'assène sèchement. Il ne va pas m'emmerder un jour de fête, celui-là. Une maison ! Alléluia !

« Ouais, ou alors peut-être qu'on l'a obligée à signer, appuie Biactol.

– Vous m'accusez, jeune homme, de chantage sur une faible femme ! s'insurge papa. Je vais vous dire pourquoi madame Léondi a pensé à moi ; moi j'ai chanté pour elle, j'ai bu du champagne avec elle, j'ai joué à la crapette rapide avec elle et je l'ai laissée gagner… Et, par-dessus tout, j'ai ri avec elle. Et vous, petit monsieur, pendant toutes ces années durant lesquelles elle vous a logé, nourri et peut-être blanchi, combien de fois avez-vous trinqué à sa santé ? Avez-vous seulement une fois joué aux cartes avec votre logeuse ? Vous êtes-vous une seule fois assis à ses côtés pour lui tenir la main ? Je parie que non. Vous la tolériez parce que vous étiez chez elle mais il ne fallait surtout qu'elle empiète sur votre vie de jeune homme occupé. Je vais faire honneur à la défunte en acceptant cette maison, dit-il en se retournant vers le notaire. Mais je ne serai pas chien : madame Bonhomme, vous pourrez y rester le temps pour vous de retrouver un simple chez-vous.

– Moyennant un petit loyer, j'ajoute. Après tout, on ne se connaît pas. »

Il est sur un petit nuage le paternel, c'est mignon à voir. Il a raison, c'est pas tous les jours qu'on hérite d'une maison, même à Roubaix.

« Une maison, sacrebleu ! On a hérité d'une maison, Lydie ! Il est vrai qu'elle est à Roubaix et qu'il faudrait en hériter de dix comme ça pour espérer reprendre l'ancienne de la Côte d'Azur mais on ne va pas bouder notre plaisir. Même si j'ai un peu de remords d'enlever la coquille du dos d'une brave dame qui ne méritait pas ça. Qu'il en prenne de la graine, le jeune godelureau boutonneux : donne et il te sera donné en retour.

– Arrête avec tes scrupules à la noix. Tu as très bien parlé, papa. Finalement, les seuls qui trouvent qu'on est des escrocs, ce sont ceux qui attendaient l'héritage. Souvent sans rien faire pour le mériter d'ailleurs. Nous, on mouille notre chemise pour les trois sous qu'on espère. C'est normal qu'ils nous reviennent, quoi qu'en pense la famille. »

En adulte efficace, j'ai déjà trouvé une agence qui va la mettre en vente. Il ne faudra pas oublier de les relancer régulièrement.

Ça tombe comme des mouches autour de nous en ce moment ! On récolte enfin les fruits de notre investissement.

« Lydie, tu as vérifié combien de roses il nous reste ? Il faudrait veiller à ne pas manquer. Je me demande à combien va être estimée la maison… »

Moi aussi je me le demande.

## Chapitre 11

L'agence immobilière nous a dit qu'elle tenterait une mise en vente à 90 000 euros. Mon Dieu, c'est le prix d'un garage à Cannes. Sujet du bac : avec 90 000 euros, pour une vie heureuse et épanouie, vaut-il mieux habiter dans un boui-boui insalubre mais situé au cœur d'une région ensoleillée 300 jours par an, ou s'acheter une petite maison 4 pièces et jardinet en pleine ville grise où le soleil est une denrée rare et précieuse ? Vous avez trois heures.

Trois heures, c'est le temps qu'on va mettre pour arriver à la maison de retraite Le Joli Bois.

« Tu leur as dit qu'on arriverait tard dans la soirée, Lydie ?

– Oui, t'inquiète », marmonne-t-elle en se retournant sur son siège.

Je suis déjà content qu'elle m'ait entendu avec ces gros flocons blancs qu'elle a sur les oreilles. Il paraît que ça tient super chaud. Derniers vestiges de sa jeunesse dorée quand elle me suppliait de l'envoyer au ski avec ses amis de la haute. Je me rends compte aujourd'hui qu'elle ne m'a jamais envoyé de carte postale de tous ces lieux qu'elle visitait grâce à mes « galas de merde ». J'étais un père qu'elle ne voulait surtout pas remercier et à qui elle avait encore moins envie de raconter.

Moi, je lui envoyais mes nouveaux CD quand j'en faisais. Avec une petite dédicace personnalisée : « À ma fille chérie qui, je l'espère, appréciera les chansons de son père qui l'aime. » Mais où était ma personnalité dans ces mots ? Comment ai-je pu croire que je me livrais un tant soit peu avec cette phrase bateau que j'avais dû lire chez Michel Sardou ? À chaque envoi, je m'enfonçais un peu plus. Quand je l'attendais sur le quai, à la sortie du train qui la ramenait de Genève, elle ne semblait jamais heureuse de me retrouver. Et je savais que si elle n'avait pas fait le trajet seule, je devais attendre qu'elle ait dit au revoir à son camarade de voyage pour me manifester. Pourtant, à chacun de ses retours, je me mettais sur mon trente-et-un, je glissais derrière mon oreille quelques gouttes de parfum, et j'espérais qu'elle se jette dans mes bras pour se lover contre moi avant de se reculer pour mieux m'apprécier : « T'es vachement chic papa ! Et tu sens toujours aussi bon. La prochaine fois, je repars avec un peu de ton parfum. » Mais la vérité c'est qu'elle ne s'est jamais jetée dans mes bras et qu'elle n'a jamais demandé le nom de mon parfum. Et la vérité vraie, c'est que je n'y croyais plus non plus.

J'aime bien conduire, malgré ce qu'en pense Lydie. C'est encore en voiture que j'ai le plus d'intimité. Nous nous parlons peu durant nos longs trajets. Que pourrait-on se dire qu'on n'ait pas déjà dit cent fois ? Notre vie est d'une routine rassurante pour moi et angoissante pour elle ; toujours les mêmes styles de lieux, d'horaires, d'interlocuteurs, de spectateurs, de tenues, d'histoires racontées sur scène ou en coulisse, de chambres prêtées ou louées, de repas ingurgités plus qu'appréciés.

À quoi bon se poser d'autres questions existentielles si c'est pour avoir le genre de réponse qu'elle m'a faite hier. Jusqu'à quand voudra-t-elle me faire mal ? Une prescription est-elle envisageable pour les problèmes familiaux au tribunal de la mémoire ? Elle se colle à moi depuis cinq ans pour mieux me crier que je n'ai pas été à la hauteur de sa détresse. Je ne sais pas à qui elle fait le plus de mal en faisant cela. À moi ou à elle-même ?

Pendant qu'elle dort, ou qu'elle fait semblant de dormir, je pense à des nouvelles ritournelles. J'adore ce mot. Je rêve que lors d'une interview, un journaliste me demande quel est mon mot préféré et que je lui réponds « ritournelle ». Quand je l'entends, ou même quand je le prononce (ce qui arrive plus souvent que l'inverse, on n'est plus très nombreux, hélas, à l'utiliser), je me sens tout de suite envahi de chaleur, de lumière et de bien-être. Je vois des paysans danser en sabots au son du flûtiau, j'imagine la table regorgeant de victuailles régionales apportées avec fierté par toute la compagnie, celle qui danse aussi au son des tambourins. M'apparaît clairement la sarabande qui suivra la ritournelle, emportant avec elle les jeunes et les anciens, dans un grand éclat de rire. Et quand ils auront chaud, ils iront s'abreuver d'un joli vin clairet et gouleyant servi dans des pichets de grès disposés sur les tables fleuries. Tel un flash, je vois tout ça quand j'articule ce mot.

J'aurais voulu vivre au temps des ritournelles. Et je suis fier d'en écrire. J'y mets autant de soleil et de joie que je peux, sans honte et sans regret. Je ne veux que cela : composer des airs à fredonner quand on a enlevé son dentier. Et que ma fille pose dessus des mots qu'elle est incapable de prononcer.

« Lydie, tu m'entends ? Je vais bientôt m'arrêter pour boire un café. Tu en veux un ? Après, c'est toi qui prends le relais. » Elle dort vraiment, je crois. Je remplirai le thermos.

Après ma pause-café, j'ai eu du mal à repartir et c'est Lydie qui m'a remplacé. Bien au chaud dans l'habitacle, on a écrit ensemble deux nouveaux titres malgré le vent qui faisait trembler le plastique de la fenêtre côté passager. Dans ces moments-là, une alchimie se crée entre elle et moi qui balaie tous les moments « durs » que nous pouvons traverser.

Un de nous deux, et ce n'est jamais le même, commence à fredonner un air imprécis qui donne à l'autre l'envie de le continuer. Des mots jaillissent et la battle commence. Telle note ou telle autre ? Cette rime plutôt que celle-là ? On négocie, on se contredit, on se challenge, on propose, on contre-propose, avec une certaine véhémence parfois, pour obtenir au bout de quelques heures une chanson qui nous convient à tous les deux et que j'aurai plaisir à interpréter.

L'agressivité qui semble l'habiller tous les matins disparaît pendant ces moments bénis. Je n'ai à mes côtés qu'une créatrice imaginative et douée qui veut le meilleur pour le spectacle tout en tenant compte de mes modestes capacités vocales. En deux heures, nous avons totalement terminé deux titres dont nous sommes contents tous les deux. On a nommé la première chanson « Amour-Amor » qu'il va falloir que je prononce à l'espagnol en roulant le *r* si je veux bien faire comprendre la sensualité de la chanson parce que c'est une bossa-nova des corons. Et un deuxième titre, plus doux, avec une pointe de nostalgie, s'intitule : « Je veux ta main dans la mienne ». Lydie a fait très fort en trouvant cette phrase : *l'enfer, c'est le bord de ta main quand ta main m'abandonne.* Et dire qu'elle l'a piquée à son gynéco qui avait écrit un recueil de poèmes. Un gynécologue qui déclame de la poésie pendant qu'il empoigne le spéculum, quelle belle vie !

Quand elle se gare sur le parking du Joli Bois, à 1 heure du matin, je somnole doucement, mais pas assez pour ne pas voir qu'elle s'est une fois de plus parquée sur une place pour handicapés.

« Les handicapés ne viennent pas voir les vieux à 1 heure du matin. »

Pas faux mais réducteur.

Et comme il est très tard et que mon valeureux public est en train de prendre des forces dans les bras de Morphée, je l'accompagne à la réception. Décidément, tous ces établissements pour personnes âgées se ressemblent. À voir ces constructions des années 1990, on se dit qu'il n'y a que deux architectes qui ont eu du travail ces années-là : celui qui a construit les écoles publiques de maternelles et primaires, et son collègue engagé pour les Ehpad. J'imagine que les autres ont bien tenté de rafler le marché mais qu'ils n'avaient pas envie de construire uniquement des bâtiments sans étage pour les premiers et qu'ils avaient l'ambition de montrer leur style à eux pour les seconds. Erreur ! Si vous voulez bosser pour les collectivités, faites de l'invisible pratique. À quoi ça sert de se donner du mal pour des vieux qui sont presque aveugles et quasi sourds ? S'ils veulent de l'harmonieux et du beau, ils n'avaient qu'à gagner suffisamment d'argent pour n'avoir jamais besoin d'aller dans ce genre d'établissement. Et si les enfants s'élevaient mieux dans le beau et l'élégant, ça se saurait et les Polly Pocket ne se vendraient pas.

Cette laideur qui ne dit pas son nom me rend triste et m'effraye. Et si on s'y habituait ? Et s'il ne restait que ces bâtiments-là, après une troisième guerre mondiale ? J'ai toujours pensé que les terroristes étaient devenus des poseurs de bombes parce qu'on ne leur avait jamais donné accès à la beauté, la vraie, celle des forêts sous la rosée du matin, celle du bleu-vert des collines dans la brume, celle des grandes plages nues et vides sous le soleil d'hiver. Mais aussi la beauté du silence, ce silence que les habitants des cités ne connaissent pas. Le bruit non choisi et la laideur quotidienne vous rendent méchants. Je serai très méchant plus tard, si je dois terminer ici. Ou dans un autre établissement, forcément jumeau de celui-ci.

« Bonjour, je suis Lydie, l'assistante d'Hervé Vincent qui donne un spectacle cet après-midi, clame ma fille, suffisamment fort pour réveiller le gardien de nuit. Nous aurions dû arriver hier, mais nous avions un rendez-vous de travail avec Michel Drucker.

Pouvez-vous nous montrer notre chambre, que l'on puisse se reposer ? »

Toujours ce petit ton qui donne envie de lui obéir et de la gifler.

Ce soir, je n'ai même pas la force de m'enduire de crème de nuit. Un petit bonsoir et je n'ai plus de son et plus d'image. Je suis un petit vieux au milieu d'autres petits vieux. Je me fiche, cette nuit, de l'effet que je ferais si on rentrait en cachette dans ma chambre. Et je ne veux pas penser à l'image que donnent mes camarades de sommeil de l'Ehpad du Joli Bois. Dans la chambre 22, une dame a posé ses cheveux sur un perruquier, dans la 28, un dentier baigne dans un verre posé sur la table de chevet, dans la chambre 35, une pensionnaire porte un filet sur la tête pour maintenir les boucles de ses trois cheveux mauves tandis qu'à la 46, on entend un vieux monsieur ronfler comme une flambée d'hiver. Il n'y a plus de méchants, de jaloux, de frustrés, d'attentionnés, de déprimés, de malades, de cancéreux, d'égoïstes, de riches, de pauvres. Il n'y a que des vieux endormis. Des presque-morts encore vivants, retenus au fil de la vie justement par leur méchanceté, leur jalousie, leurs frustrations, leurs attentions, leur déprime, leur foi, leur maladie (eh oui, la maladie maintient en vie parfois !), leur cancer (ça, c'est moins sûr, sauf quand la rage de se battre décuple les forces), leur égoïsme, leur richesse ou leur pauvreté.

Je m'endors en me demandant lequel de ces maux sera le mien quand je serai un vieillard.

« Hé ! Qu'est-ce que c'est ! Qu'est-ce que vous faites ici ? Sortez ! Au secours ! Papa, réveille-toi ! »

Lydie vient de hurler. Si fort que je l'ai entendue malgré mes boules Quies.

« Qu'est-ce qu'il y a, quoi ? dis-je, encore endormi.

– Il y avait un mec dans la chambre !

– Un fantôme ? C'était un rêve !

– Non, il y avait un homme avec une lampe de poche et je suis certaine qu'il cherchait quelque chose.

– Un homme ? Dans notre chambre ? Tu l'as vraiment vu ? Il ressemblait à quoi ? » Je n'aime pas ça. Pourquoi un inconnu se placerait-il au pied de nos lits ? Un pervers ? Un somnambule ? Qu'est-ce qu'il y a à voler dans nos affaires ?

« Il cherchait quoi ? je répète.

– J'en sais rien, mais je commence à trouver ça louche ; on nous défonce la bagnole, on vient dans notre chambre la nuit, ne me dis pas qu'il ne se passe pas des trucs bizarres depuis quelques jours, renchérit ma fille.

– Je ne te le dis pas, je dors.

– Alors, aide-moi à comprendre ce qui se passe.

– Bon, dis-je, cette fois-ci complètement réveillé. On a hérité il n'y a pas longtemps. Le jeune boutonneux jaloux ? C'est peut-être lui qui veut se venger.

– Pourquoi serait-il venu dans notre chambre ?

– J'en sais rien ! Les bouseux de Niort alors !

– Ouais, mais une fois de plus je te demande : qu'est-ce qu'ils seraient venus foutre dans notre chambre ? Ils savent très bien que les papiers sont chez le notaire.

– Alors on verra ça demain, quand il fera jour… », dis-je en me retournant pour mettre fin à cette discussion sans queue ni tête.

Avant qu'elle ne me réveille, je rêvais que le dragon de ma robe de chambre magique me servait de garde du corps pour arriver jusqu'à la scène. Il ouvrait le chemin en crachant du feu mais sans brûler personne. Et moi, j'étais le boxeur que la foule attendait. La scène était un ring et le gardien de nuit était l'arbitre. Mais c'était une vieille qui faisait la belle en maillot pour présenter les points.

# Chapitre 12

Je suis crevée. J'ai eu un mal de chien à me rendormir après l'épisode de la lampe torche ; trop de questions tournoyaient dans ma tête. Depuis cinq ans qu'on fait ce tour de France avec échappées suisses et belges, c'est la première fois que je m'interroge quant au bien-fondé de notre « mission », comme aime à dire papa. Si c'est une mission pour lui de distraire les personnes âgées, ce n'est qu'un moyen de subsistance pour moi. Jamais je n'ai été attendrie par un de ces vieux visages racornis, jamais je n'ai eu pitié de ce grand âge. Je ne m'intéresse aux pensionnaires que pour savoir s'il y a un moyen de leur extorquer quelque chose. Je ne les « vois » pas, je ne les aime pas, ni eux, ni leurs soignants, ni leurs visiteurs. Les uns peuvent m'aider à obtenir ma maison et les autres peuvent m'en empêcher. Basique.

Ma vie est aussi vide que la chambre dans laquelle je viens de me réveiller. Ma maison, pour le moment, c'est ma camionnette. Mes objets fétiches tiennent dans ma valise. Si je meurs aujourd'hui, je laisserai moins de souvenirs à transmettre que n'importe quel vieillard d'une de ces innombrables maisons de retraite. Si je continue dans cette voie, quand je serai proche de la tombe, prête au grand saut, je n'intéresserai même pas la future Lydie de l'époque. Certes, je n'aurai pas d'héritiers, mais il n'y aura rien à hériter.

Je ne mériterai pas de recevoir la rose. Pour la première fois, ce fait me saute aux yeux : je ne m'intéresserais même pas si je me rencontrais ! C'est pour ça que je veux cette maison. Cette maison magique. Comme le jeu du même nom, quand j'y serai, plus rien ne pourra m'arriver, plus personne ne pourra me faire du mal. Personne ne m'a jamais fait de mal à part ma mère mais personne ne m'a jamais fait du bien non plus, du vrai bien, du bien qui fait du Bien.

On n'a même pas eu la force de pendre nos costumes de scène, hier soir. Ils vont être tout froissés, il va falloir les repasser et c'est pas le Sardou du pauvre qui s'y collera. Et le clebs, il est où ce sac à puces ? Ah, sur l'appui de fenêtre. C'est ça, prends le soleil, ça tuera tes acariens.

Bon, puisque je n'ai pas pu aller faire mon petit tour de repérage, il va falloir naviguer à vue. Si je veux avoir le temps d'installer la sono et la rampe d'éclairage, je ne pourrai pas sonder le personnel.

« Tant pis, ce coup-ci faudra que tu bosses au feeling, papa. Mise tout sur la rose, dis-je en ouvrant les rideaux. Moi, de mon côté, je vais essayer de faire parler le mec qui va installer le matos avec moi. Qui sait, y aura peut-être une évidence.

– Tiens, tu as pris le chien, remarque mon père, étonné. C'est gentil, il aurait été tout seul dans la camionnette. Je remarque aussi qu'il ne te fait plus éternuer.

– Je ne l'ai pas pris pour te faire plaisir, mais je me suis dit qu'il pourrait nous être utile ; si on tombe sur une autre maboule, je peux la jouer genre "moi aussi j'adore les animaux, la preuve j'ai fait empailler le mien". Bon, je vais bosser et toi, prépare-toi et chauffe ta voix. »

Finalement, personne ne m'a aidé à installer la scène et je n'ai pas réussi à savoir qui était riche, même pas très riche, un peu fortuné, pas pauvre, avec un mini-pécule : une voiture, un sac Vuitton, deux pièces d'or. Pas de chapeau caché cet après-midi. Aujourd'hui, ce sera un vrai spectacle et pas une chasse au trésor.

L'artiste vient de terminer son premier quart d'heure devant une petite audience de 42 vieilles personnes. En début de show, j'ai entendu cet échange savoureux :

« Pourquoi on est descendus ? » a demandé très distinctement une dame très âgée, toute repliée dans son fauteuil roulant, à sa voisine qui lui a répondu non moins clairement, son sonotone devant être mal réglé : « Pour écouter celui que tu n'aimes pas ! Mais y a des trucs à gagner ! »

Les voilà, les « trucs », mesdames. On espère qu'ils vous plairont si c'est vous qui gagnez la floche. Bon, c'est à moi de parler :

« Et maintenant, chers amis, voici le moment tant attendu de l'après-midi, celui de notre tombola ! Une tombola dotée de prix très originaux mais qui, j'en suis certaine, vous raviront plus que n'importe quels autres. Le troisième prix est un baiser sur la bouche d'Hervé Vincent lui-même ! Le deuxième prix est une valse avec notre, que dis-je, avec VOTRE ami Hervé Vincent ! Et, enfin, le premier prix se trouve être un rendez-vous en tête à tête autour d'une coupe de champagne, toujours avec le chéri de ces dames. Le troisième prix, ce fameux baiser, inoubliable paraît-il, va à… Attention, je pêche dans mon chapeau magique. Oh, mais c'est un monsieur ! Voilà qui n'est pas commun ! Monsieur Léouzin… Où est-il, monsieur Léouzin ? Qu'il ne soit pas timide et surtout qu'il ne s'inquiète pas, ce n'est pas Hervé Vincent qui embrassera le gagnant mais votre serviteuse, servitrice, enfin bref c'est moi ! »

Ah tiens, pour la peine, la star est sortie de la coulisse jeter un œil sur le phénomène rare. C'est un petit monsieur d'environ 85 ans, tout sec et avec une moustache blanche bien peignée qui s'avance vers moi. Les dames du public se poussent du coude et rigolent. J'aurais pu tomber plus mal.

« Le voilà le chanceux monsieur Léouzin qui va avoir la chance d'embrasser la charmante Lydie », s'exclame papa.

Monsieur Léouzin monte avec difficulté sur l'estrade où je l'attends, le sourire aux lèvres.

« Mais quelle chance j'ai ! En voilà un beau monsieur ! dis-je dans un grand sourire. Bonjour monsieur Léouzin, heureux gagnant du troisième prix. J'espère que vous n'êtes pas trop déçu de ne pas embrasser Hervé Vincent ! » Rires francs de l'assistance et petit rire gêné du vieux monsieur. « Je dois vous avouer, monsieur Léouzin, embraye papa, que je suis bien content d'avoir une assistante aujourd'hui ! » Tu m'étonnes ! Re-rires et re-gêne. Mais je ne suis pas la fille de mon père pour rien. Même si c'est lui qui prend la lumière à 99 % du temps, il ne sera pas dit que je déméritera.

« Y aura-t-il une jalouse dans l'assistance, monsieur Léouzin ? je demande d'un air coquin qui fait pétiller mes yeux, paraît-il.

– Non, mademoiselle, personne ne sera jaloux. Je suis veuf depuis quatorze ans et je n'ai pas retrouvé de compagne au Joli Bois, répond-il, un peu intimidé, mais pas trop non plus.

– Comment ! s'étonne le Hervé. Aucune de ces charmantes dames ici présentes ne fait battre votre cœur ? Je ne vous comprends pas, monsieur Léouzin. Moi, si je vivais ici, je ne saurais plus où donner de la tête. Un renard dans la basse-cour !

– Rapprochez-vous mon beau monsieur et fermez les yeux », dis-je pour reprendre la main. Et lui prendre aussi la bouche.

L'octogénaire s'exécute. J'approche lentement mes lèvres des siennes et je lui donne un baiser long et appuyé. Lorsqu'il rouvre les yeux, il semble sortir d'un songe. Il prend mes mains et les baise un peu dévotement. C'est ridicule mais c'est à mon tour de rougir !

« Voyons, voyons, monsieur Léouzin, ce n'est qu'un jeu. Allez-vous rasseoir, la tombola va continuer, dis-je en retirant mes mains de sa bouche.

– Hé oui chers amis, "*The show must go on !* Le spectacle doit s'en aller !" » enchaîne la vedette.

Le tour de chant s'est bien terminé, la rose a été offerte à la plus « jeune » pensionnaire du Joli Bois, gros coup d'épée dans l'eau, pas d'*extra ball.*

Je suis en train de démonter le matériel après m'être changée en vitesse. Pourquoi rester plus longtemps ? Un jour comme celui-là, il faut empocher le cachet et tailler la route fissa. Mais ça m'énerve de penser à la bouteille de champagne achetée et en train d'être bue pour rien.

« Mademoiselle Lydie, excusez-moi de vous déranger... » C'est mon « embrassé » de tout à l'heure. Qu'est-ce qu'il veut ?

« Re-bonjour, monsieur Léouzin. Je vous écoute ! lui dis-je sans m'arrêter d'enrouler un câble.

– Oui, voilà... » Il semble hésiter. « Je, je... je voudrais vous demander si...

– Oui, vous voulez me demander quoi ? »

C'est bon, tu l'as eu ton baiser, vieux pervers, tu veux quoi encore ? J'ai envie de me barrer et de vous oublier tous.

« Écoutez, ce n'est pas facile à dire, bredouille-t-il en se tordant les doigts. Voilà, je suis veuf, vous le savez, je l'ai dit tout à l'heure, et mes enfants viennent rarement me voir et de toute façon, ce n'est pas la même chose. J'ai... j'ai beaucoup aimé le... le baiser de tout à l'heure et... et je me demandais, enfin, je me disais que... que je voudrais vous embrasser à nouveau et même plus. Je... je voudrais pouvoir toucher votre peau, vous embrasser dans le cou, vous...

vous caresser. Mais je vous payerai ! », ajoute-t-il en relevant la tête, l'air bravache.

Quoi ?! Il a fumé la moquette le vieux !

« Attendez, que je comprenne bien. Vous voulez coucher avec moi ? Contre de l'argent ? Comme une prostituée ?

– Non, non, mademoiselle Lydie, vous vous méprenez ! Je ne vous propose pas d'être… ce que vous dites. Je n'oserais pas ! Je ne veux pas non plus faire l'amour avec vous. Je voudrais vivre un moment de tendresse. Votre baiser de cet après-midi a fait resurgir des émotions que je ne pensais plus avoir en moi. Et… je ne veux pas mourir sans avoir revécu un moment pareil. Je vous donnerai 500 euros. S'il vous plaît.

– Cinq cents euros ! Vous vous foutez de moi ?! Pour 500 euros, je vous déboutonne ! Et encore, que la chemise !

– Ah, excusez-moi. Je ne voulais pas vous offenser. »

Il s'apprête à repartir la tête basse.

« Mille euros, je lui lance dans le dos.

– C'est beaucoup d'argent, dit-il en revenant vers moi.

– C'est vous qui voyez.

– D'accord, 1 000 euros, répond-il fièrement. Il vaut mieux que je ne traduise pas en francs.

– Non, il ne vaut mieux pas. Je viendrai vers 19 heures. Mais on est bien d'accord : on ne fait rien de cochon et on ne fait pas l'amour.

– Merci Lydie, merci, sourit-il, éperdu de reconnaissance. C'est la chambre 44. »

Je suis dingue. Pourquoi j'ai accepté de me faire tripoter pour 1 000 euros ? On fait quoi avec 1 000 euros ? En tout cas, je ne les mets pas dans la caisse de communauté.

Quand j'entre dans la chambre de mon « client », toutes les lumières sont éteintes sauf la lampe de chevet. Le vieux monsieur est rasé de près, bien coiffé, et son pyjama est impeccablement repassé. Je sens une légère odeur d'eau de Cologne et de dentifrice à la menthe. Je le vois assis, bien droit, appuyé contre son oreiller, qui m'attend.

Moi aussi je me suis changée, et même maquillée. Je ne sais pas pourquoi. Ou plutôt si, je sais pourquoi. Je suis flattée de savoir que je plais à un homme, même s'il n'a plus d'âge et plus de dents. Et puis, pour 1 000 euros, je pouvais bien faire un effort, non ? J'ai enfilé ma plus jolie robe, celle que j'ai achetée à Lyon quand on tournait dans la région. En voyant cette robe dans la vitrine, je m'étais dit que c'était une tenue pour « La Maison ». C'est une robe d'entrée de rêve comme d'autres sont d'entrée de gamme. C'est une robe qui autorise. À rêver, à se projeter, à y croire. C'est une robe qui annonce. Et ce soir, elle annonce à monsieur Léouzin qu'il en aura pour son argent, que la Lydie du concert ne va pas l'arnaquer ni le décevoir. Il faut croire qu'il a compris le message, puisqu'il dit d'emblée : « Je vais vous donner l'argent tout de suite. »

Il me tend les billets mais, un peu honteux, se ravise et les pose finalement sur la table de nuit.

« OK. Alors, on fait quoi ? » je demande d'une petite voix qui m'étonne moi-même, plus mal à l'aise que je ne le pensais. La vue de l'argent étalé sur le chevet m'a ôté les ailes et la magie de l'instant.

« Asseyez-vous près de moi s'il vous plaît, dit-il doucement, et tournez-vous, je voudrais vous voir de dos quand vous vous déshabillerez. »

Et moi, parce qu'il y a vingt billets de 50 à ma portée, je deviens obéissante. Je fais comme il me dit : je me retourne et je commence à déboutonner ma robe. Je le fais lentement parce que mes mains tremblent un peu. Dans ma chambre, au dernier moment, j'ai décidé de ne pas mettre de soutien-gorge. Il voulait une femme à sa portée, j'avais dit oui, je pouvais tout me permettre. Ce corps qu'il désirait, je me croyais capable de le lui proposer tel quel.

Mais maintenant qu'on y est, la petite armure en coton rembourré me manque. Et quand la robe glisse vers ma taille, je me sens vraiment nue. Il ne peut voir que mon dos mais j'ai l'impression que celui-ci est un mur que sa main peut abattre plus fortement qu'une masse. Et ça ne manque pas, à la seconde où je sens sa vieille paume sur ma peau, j'entends le bruit que font mes barricades quand elles s'effondrent. Il m'effleure du bout des doigts le haut du dos, la nuque et les épaules puis je sens qu'il approche doucement son visage de ma nuque pour l'y enfouir. Il hume les racines de mes cheveux que j'ai relevés. Il garde la tête penchée sur mon dos et trace avec son nez et son front le même dessin que ses doigts viennent de faire. De temps en temps il embrasse du bout des lèvres un peu de peau, un grain de beauté perdu. Puis doucement, il murmure :

« Retournez-vous s'il vous plaît. »

Je me retourne, torse nu. Je n'ai même pas envie de me couvrir la poitrine. Sa douceur sensuelle me donne envie d'en avoir plus. Quand il avait son nez dans mes cheveux, là où la transpiration leur donne toujours une petite odeur de gras, j'ai eu l'impression furtive mais intense d'être à nouveau le bébé de mon père, quand il plongeait sa tête dans les replis de mon cou et que je riais nerveusement, sur ma table à langer. Je lui agrippais les cheveux et il restait collé à moi pendant une minute. Trente-cinq ans plus tard, monsieur Léouzin me regarde avec admiration et, à nouveau, m'effleure la peau du bout des doigts. Des deux mains, cette fois, il part du haut de la nuque pour longer la ligne de vie qui mène au sternum. Il glisse sur le renflement de mes seins comme un skieur prend la courbe. Ses doigts vont et viennent, pulpe et ongles sur ma peau. Mes mamelons pointent et j'oublie les injonctions que je lui ai faites, j'ai envie qu'il les pince pour faire jaillir le plaisir.

Quand il place ses mains en coupe sous mes seins, comme on recueille un objet fragile, je lève mes yeux vers lui dans une supplication. Cette Lydie-là vient de naître à nouveau et elle ne veut pas mourir. Mais c'est lui qui parle : « Vous savez, je suis un vieux monsieur qui n'a plus touché personne et que personne n'a plus touché depuis si longtemps. Je ne me rappelais même plus le bonheur de caresser une peau fraîche et douce.

– Chut.

– Déshabillez-moi s'il vous plaît », murmure-t-il.

J'ai l'impression qu'il a 15 ans pour la deuxième fois. Il est puceau à nouveau. Un rien le comblera parce que ce rien sera tout. Si, à 15 ans, il avait peur que ça ne marche pas, à 85, il éprouve sans doute la même crainte. Et si la magie ne venait plus ? Et si ses sens étaient déjà morts ? Je sais ce qu'il éprouve, parce que j'ai la même peur malgré nos cinquante ans d'écart.

Je déboutonne lentement sa chemise de pyjama avec des gestes doux. Quand celle-ci est complètement ouverte, il m'attire contre lui et nous nous retrouvons enlacés, peau contre peau. On ne dit rien. J'ai caché mon visage contre son vieux torse avachi. Nous gardons les yeux fermés pour savourer cet instant de grâce que nous pensions interdit à nos deux corps. Je suis un vieux veuf abandonné et il est une jeune femme solitaire.

« Vous sentez bon, lui dis-je, le nez dans son cou.

– Je me suis préparé pour votre venue et rien que ça, c'était merveilleux, murmure-t-il. J'avais oublié ce que c'était de se faire beau pour quelqu'un, de vouloir lui plaire, s'en inquiéter, avoir le cœur qui bat, et se demander si l'autre va venir. Pour cela, je vous remercie Lydie. »

Je l'embrasse dans le creux de l'épaule, ce petit creux au ras du cou au niveau de la clavicule, qui est toujours tiède. Des baisers légers que je donne d'abord sur son torse, avant de terminer par la bouche, les yeux, et le front. Je lui caresse les cheveux comme ma mère le faisait les soirs où elle sortait. J'étais déjà couchée, toute propre dans un pyjama sentant l'adoucissant, et j'attendais ses baisers lissant mon front et qui avaient le pouvoir magique, disait-elle, de faire partir toutes les mauvaises pensées de la journée.

J'espère que mes doigts sont aussi magiques que les baisers de ma mère parce qu'à cet instant, je veux vraiment effacer de la mémoire de ce vieil homme ce qui lui a donné ce front plissé. Il doit le voir dans mon regard parce qu'il en a les larmes aux yeux. Alors je m'enfouis à nouveau dans ses bras comme une enfant le ferait. Et quand je relève la tête, je vois qu'il a rajeuni. Il paraît plus solide qu'avant.

Après un dernier baiser sur la bouche, je lui reboutonne son pyjama pendant que lui-même replace ma robe et referme mon corsage. On ne dit rien, mais nous nous sourions. Un sourire tendre et secret qui ne nous quitte pas jusqu'à ce que la porte se referme derrière moi.

J'ai laissé les billets sur la table de nuit.

Papa m'attend près de la camionnette. Il est furieux.

« Mais t'étais où ? Je t'ai cherchée partout !

– Je vivais ma vie. Pendant une demi-heure, j'ai pensé à moi. Ça dérange quelqu'un ? »

J'ai recommencé à aboyer. Pourquoi ?

« Non, mais la prochaine fois tu pourrais prévenir. Tu es malade ? Tu as l'air bizarre.

– Non, je ne suis pas malade, je suis une femme. Point.

– Oh, excuse-moi Lydie, je ne pouvais pas savoir que tu avais tes ragnagnas, dit-il, se méprenant sur le sens de ma phrase. Ta mère aussi dans ces mom…

– Tais-toi ! » je lui jette en montant dans la camionnette. Quel con, il a tout gâché.

Quand on quitte le parking de la maison de retraite, je ne remarque pas qu'une voiture nous suit à distance.

## Chapitre 13

C'est compliqué les femmes ! Elles ne veulent pas qu'on les cantonne à leur sexe mais celui-ci régente tout de même beaucoup leur vie. S'il faut que je décrypte son humeur à la lumière de ses hormones, on n'est pas sortis de l'auberge ! Dans ces moments-là, il vaut mieux que je disparaisse. Toute parole sortant de ma bouche est une mèche de bâton de dynamite. Je n'essaie même pas de me rattraper, mais pour changer l'atmosphère de l'habitacle, je fais appel à mon allié fétiche, celui qui nous met tous les deux d'accord : le grand Frank, the Voice, la classe intergalactique, le patron du Rat Pack, mon ami-jamais-rencontré, l'homme à la voix de miel : Frank Sinatra.

Qu'il est dur pour celui qui se rêve artiste d'avoir des idoles inaccessibles, des Everest impossible à franchir ou même trop hauts pour que l'on cherche à se mesurer à eux. Ne pas avoir de père, ne pas avoir d'idole, n'avoir personne dans son entourage qui soit exceptionnel, tel est le secret des gens qui osent.

Bon, si c'était si simple, vu le pauvre exemple que j'ai eu, je devrais avoir déjà chanté en duo avec Johnny et Sardou. Mon père à moi était boucher à Sedan, dans les Ardennes. Et ma mère tenait la caisse. Il coupait la barbaque et elle coupait les cheveux en quatre ; rien n'était jamais simple ou facile avec elle. Le plus petit élan, la moindre envie de faire quelque chose « d'imprévu » lui donnait des palpitations. Tout devait être sur des rails dans nos vies.

Mes habits étaient préparés la veille sans forcément tenir compte de la météo qu'il allait y avoir. Si elle m'avait prévu un short et qu'il pleuvait à 7 heures du matin, il lui fallait un bon quart d'heure pour décider si elle allait miser sur une pluie passagère, dans quel cas j'enfilais le short, ou si la journée serait pourrie, ce qui lui faisait sortir mon pantalon. Cette réflexion intense était accompagnée d'exclamations de douleur comme si « quelqu'un là-haut » lui voulait personnellement du mal. « On » était méchant avec elle, « on » se moquait d'elle et de son organisation. Et moi, j'attendais en slip qu'elle se décide entre le court et le long.

À 10 ans, un matin où il pleuvait, voyant mon bermuda posé sur ma chaise, je suis allé chercher mon falzar tout seul. J'ai pris le bleu marine. Quand elle m'a vu tout habillé mais sans les nippes qu'elle avait prévues, j'ai cru qu'elle allait avoir un arrêt cardiaque : j'avais décidé tout seul de quelque chose, j'avais fait preuve d'initiative. Pour elle, j'avais ouvert la boîte de Pandore et tous les vents de la liberté qui s'en étaient échappés nous mèneraient droit vers des contrées dont on ne revient jamais. Elle avait raison ; depuis ce jour-là, je n'ai plus jamais enfilé un vêtement qu'elle avait préparé. Je l'ai fait instinctivement comme on se retient à une branche pour ne pas tomber au fond du ravin.

Sa peur, pour ne pas dire sa terreur du pas de côté, je devais la tenir à distance de ma jeunesse et de mes envies. Je devais regarder ma mère bien en face pour faire exactement l'inverse d'elle si je voulais devenir quelqu'un d'autre que « le fils Verrat de la boucherie Verrat ». À partir de mes 10 ans, je n'ai plus jamais rien fait comme elle le voulait. J'ai assumé d'être le rejeton désobéissant, méchant, et surtout décevant d'une mère qui me faisait pitié tout en étant mon bourreau.

J'ai poussé le bouchon si loin, ces années-là, qu'elle a fini par me prendre une petite chambre à côté du lycée pour ne plus m'avoir au petit-déjeuner. Le soir, je partageais avec mes parents, dans une ambiance polie et froide, un repas qui changeait selon les arrivages à la boucherie. Le lundi, c'était viande froide puisque, bien que la boutique soit fermée ce jour-là, elle n'avait pas arrêté de se démener entre ses lessives et son ménage. Le mardi, c'était endives au jambon. Le mercredi, seul jour où elle prenait congé pour m'accompagner dans mes activités périscolaires ou pour me faire réviser, elle faisait un plat mijoté. Le jeudi, c'était saucisse-compote. Le vendredi, on mangeait du poisson évidemment. Le samedi, un délicieux steak-frites, et le dimanche mes parents s'autorisaient le restaurant, en récompense d'une semaine éreintante.

Il y avait un juke-box dans cette brasserie où ma mère prenait systématiquement des huîtres en entrée et une omelette norvégienne au dessert. Ce juke-box fut ma porte d'entrée au monde. Toutes les semaines, le patron rentrait de nouveaux titres et, en me donnant une pièce, me conseillait la D42 ou la E25 avec un clin d'œil. J'appuyais sur les touches recommandées et la voix chaude des Platters ou d'Eddy Mitchell résonnait dans la salle.

Parfois, ma mère fredonnait en fin de repas et, deux fois, mes parents se sont levés pour danser. La première fois, c'était sur la chanson de Michelle Torr « Emmène-moi danser ce soir » et la deuxième fois, c'était pour « Fly Me to the Moon » du grand Frank. D'ailleurs, ce fut sur cette chanson que nous avons ouvert le bal de notre mariage, Carine et moi.

Quant à mon père, on se connaissait mal, lui et moi : je ne rentrais jamais dans l'arrière-boutique de la boucherie, et encore moins dans la chambre froide où pendait la viande, et lui ne m'accompagnait jamais dans aucune de mes activités. Je ne savais pas qui était mon paternel. Au magasin, on voyait un gueulard avec ses commis, et à l'étage, c'était une carpette face à ma mère. Pas une fois, il n'a pris ma défense devant ses critiques. Il me regardait par en dessous et me faisait comprendre que je gâchais le peu de calme qu'il était en droit d'attendre dans son salon ou sa salle à manger.

Il ne fut même pas déçu que je n'aille pas en apprentissage boucherie, et il espérait surtout que je ne lui fasse pas honte. Comme je ne savais pas à quel moment celle-ci commençait et en quoi elle consistait, je ne tentais que le strict minimum pour emmerder sa femme sans lui porter préjudice à lui. De 0 à 20 ans, j'ai eu l'impression d'être un veau entouré de clôtures électriques. Puis, j'ai quitté Sedan, la boucherie et mes parents. Ils sont venus deux fois à Nice pour voir la petite. Mais ce soleil éblouissant les mettait mal à l'aise, trop habitués qu'ils étaient au vent et à la pluie.

Je leur ai pourtant proposé de nous rejoindre dans la grande maison quand ils ont vendu leur commerce, mais autant demander à ma mère si elle voulait se lancer dans le strip-tease. « Enfin Bernard, tu n'y penses pas ! » Je leur ai acheté une platine et tous les mois, je leur envoyais des disques. Deux fois j'ai eu un merci. Puis ils sont morts et quand je suis venu vider leur petite maison, j'ai vu que les disques, sauf deux, n'avaient jamais été ouverts.

Après la voix d'or de Frankie, je passe à la voix de miel et de dard d'Ella Fitzgerald. Leur duo pour « The Lady Is a Tramp » m'enchante toujours autant. J'adorerais qu'on la chante ensemble, Lydie et moi, pendant nos longues virées autoroutières où les restoroutes et les stations services sont des phares dans la nuit. Impossible d'imaginer un monde sans ces boutiques de réapprovisionnement pour marins d'autoroute. Et ceux qui pensent qu'elles sont toutes pareilles n'ont jamais fait cinquante fois le même trajet. Celle du km 57 de l'A2 a des toilettes toujours propres, mais celle du km 125 de la Route du Soleil a un choix de chips et autres apéritifs de premier ordre. Et enfin, l'aire du km 328 a un resto route dont le menu est plus que passable ET une caissière souriante, le Graal.

Je me suis arrêté sur l'aire du Grand Buisson pour y boire un café. Il est 3 heures du matin et Lydie dort dans la voiture avec ses gros pompons sur les oreilles. Il n'y a personne devant la machine. Non, c'est faux, un gros petit monsieur qui s'enfile un sandwich triangle me regarde comme s'il cherchait où il m'avait vu.

« Vous vous demandez si on se connaît ? je lui demande en souriant. Vous croyez m'avoir déjà vu quelque part ? C'est possible, je suis chanteur, je me produis en France et même à travers la Belgique et la Suisse... Enchanté, je me présente, Hervé Vincent. Je ne sais pas s'ils vendent mon disque ici. »

Je mens. Ils ne le vendent pas puisque je n'ai pas de diffuseur. Nous faisons tout nous-mêmes, de la création de la chanson à sa diffusion, en passant par les enregistrements et les concerts. « Il doit être épuisé. Moi aussi je suis épuisé d'ailleurs ! Ha, ha, ha. Je pars me reposer quelques jours avec mon assistante dans ma maison de campagne à la mer. Et pas à Saint-Tropez ou à Deauville, comme vous pourriez l'imaginer. Trop de monde, pas assez dépaysant. Non, nous allons à Arromanches. Vous connaissez Arromanches ? Non ? C'est normal mais vous avez tort, c'est charmant et pas trop touristique. »

Il est bizarre, cet homme. Il me regarde sans méchanceté mais sans me rendre mon sourire ni ma politesse. Et pourtant, j'ai l'impression qu'il veut quelque chose de moi. Mais quoi, si ce n'est ni un disque ni un autographe ?

« Bien, cher monsieur, au revoir. J'ai été ravi de faire votre connaissance. » Je ne vais pas continuer à soliloquer devant lui. Et puis, 3 heures du matin, ce n'est plus l'heure pour faire le beau et le charmeur. Je suis fatigué. À 3 heures du matin, je sens mes rides se creuser, mes cheveux blancs poussent pour éjecter leurs camarades teints, mes muscles se racrapotent et mes tendons ne se tendent plus. À cette heure-là, quand ma fille dort ainsi que mon public, je ne suis plus que Bernard Verrat, le provincial échappé qui aurait dû habiter au-dessus de sa boutique. Et au lieu de cela, j'habite dans ma voiture et je mange (mal) dans des boutiques qui enrichissent d'autres commerçants.

Pourtant, je ne peux m'empêcher de m'en retourner à mon véhicule d'un pas nonchalant et étudié, comme si la personne que je viens de croiser et qui m'a vu de face ne me quittait pas des yeux quand je m'éloigne. Imaginez-vous vie plus épuisante que celle de l'homme qui se croit sous les feux des projecteurs, privés ou publics, 24 heures sur 24 ? Et maintenant, imaginez une vie plus déprimante encore : celle de celui qui se croit observé et qui, quand il se retourne, ne croise aucun regard.

« Trente-trois très gros crapauds gris tigrés dans 33 très gros trous très creux, 33 très gros crapauds gris tigrés dans 33 très gros trous… » À défaut d'être le chanteur le plus connu, je serai le plus précis. C'est ma fierté.

Il est 5 heures du matin et le jour se lève quand j'arrête la camionnette devant chez nous. Ce chez-nous est un mobile home au milieu d'un camping de mobile homes montés sur parpaings comme on en voit beaucoup sur la Côte d'Opale. Rien de misérable ou de misérabiliste ; les bâtiments sont entretenus, en bon état, et pour certains fleuris. Entre deux caravanes, on voit la mer. Eh oui, certains « pauvres » jouissent d'une plus belle vue que beaucoup de bourgeois que leur standing empêche de louer une caravane même si elle est bien située et face à la mer. Au lieu de cela, ils préfèrent une maison en dur mal placée et loin des plages. Avoir acheté ici est une douce revanche du bon sens sur le snobisme.

« Lydie, réveille-toi. On est arrivés. »

Je me suis garé devant notre « maison » entourée d'un minuscule jardinet. Il n'y a pas de fleurs aux fenêtres mais trois nains de jardin qui bordent la petite allée. Ce sont nos petits dieux lares qui protègent le foyer.

« Ne claque pas la portière, les Doriège doivent dormir », dis-je en me dégourdissant les jambes.

Je sens que j'ai déjà changé depuis hier soir. Comme si les heures de conduites enchaînées depuis minuit, au lieu de m'épuiser, m'avaient régénéré. Ce n'est plus une vieille idole qui vient de débarquer mais un jeune septuagénaire qui reprend possession de sa vie. J'ai respiré l'air marin à pleins poumons en sortant de la voiture et je regarde maintenant cet environnement sans classe et sans esbroufe comme un seigneur retrouverait son château après la croisade de Jérusalem. Je suis enfin chez moi !

Avec gravité, je sors de ma poche un porte-clés muni d'une seule clé. J'embrasse celle-ci et je l'introduis dans la serrure de la porte en aluminium.

« Sésame, ouvre-toi.

– Tu parles d'un trésor ! »

Ma fille est réveillée.

À l'intérieur de la caravane sans roues, tout est propre et bien rangé. La décoration n'est certes pas celle d'un appartement témoin mais le choix des couleurs neutres « gris gras gru greige » ne la rend pas non plus très chaleureuse. « On est sur du classique intemporel », dirait un vendeur de chez Ikea. Rien ne rappelle le faste de ma vie d'avant parce que je n'ai rien gardé. Soyons justes, je n'ai rien pu garder. Soit le fisc me l'a pris, soit Carine l'a emporté. Je ne sais pas ce qui m'a fait le plus de mal. Si, je sais.

« Gloire à Yvonne, qui nous tient cette maison si propre ! dis-je remarquant la propreté des lieux.

– J'aime pas qu'elle ait la clé. Je suis sûre qu'elle fouille dans les placards », ne peut s'empêcher d'ajouter mon petit nuage noir.

Sur la table en formica de la mini-salle à manger qui fait face à la mini-cuisine, je remarque tout de suite l'enveloppe rose avec un timbre des États-Unis.

Lydie est retournée à la camionnette et commence à la décharger pendant que je reste silencieux devant l'enveloppe, que je tourne et retourne entre mes mains.

« Ne m'aide surtout pas ! dit-elle en posant violemment les bagages par terre.

– Non, non, dis-je en lui tendant la lettre. Ouvre-la, s'il te plaît.

– Si ça te fait plaisir. »

Elle déchire l'enveloppe sans prendre aucune précaution pour son contenu. C'est une carte de vœux avec, en photo, une femme pimpante et vulgaire qui pose aux côtés d'un gros type avec un chapeau de cow-boy. Je la reconnais immédiatement, cette fausse Yankee de Ménilmontant. Je suis certain qu'elle n'a pas perdu son accent français quand elle parle anglais. Elle y a peut-être intérêt. Ils ont chacun un bichon maltais à leurs pieds. Eux, ce sont des vrais chiens. Lydie jette un regard rapide et méprisant sur l'image.

« Quand elle mourra, elle te léguera peut-être son clebs. On l'empaillera aussi sec et ils formeront un couple avec Biscotte. Et tu pourras te projeter dans cet amour de carnaval. Bon, moi je vais me coucher. »

Elle se dirige vers sa minuscule chambre dont les murs sont couverts de photos tirées de magazines de déco et placées par thèmes : la cuisine, la salle à manger, le salon, etc. Je n'y rentre jamais mais je sais que sur le mur qui fait face à la taie d'oreiller, il y a la tête de sa mère très agrandie. Suffisamment grande pour être une cible. Avant de s'étendre, je l'entends retirer les fléchettes qui y sont plantées. Elle s'allonge, vise, envoie la flèche et la voilà qui dit : « Bonne année maman. »

Moi, je me prépare un café, tout content d'avoir trouvé des capsules, du sucre et une bouteille de lait dans le frigo.

« Sois bénie, ma belle Yvonne. Tu ne fouilles pas dans les placards, tu les remplis. »

Je regarde à nouveau la carte de vœux. Pour n'y lire que « *Best wishes* » signé de leurs deux noms.

Depuis sa chambre, Lydie crie :

« Balance cette carte. Tu te fais du mal. Elle crèvera étouffée dans sa laque !

– C'est aussi ce qu'elle te léguera ! »

J'ai fini par m'endormir dans ma chambre à moi, dans mon grand lit qui prend toute la place, sous le regard des stars dont la photo est associée aux disques d'or et de platine de certains des artistes français et américains avec qui j'ai travaillé, et que j'avais planqués dans la remise en apprenant que les huissiers allaient venir confisquer ce qui donnait du « prix » à ma vie. Et tous dédicacés au nom de monsieur Bernard Verrat, s'il vous plaît !

Je me répétais en boucle, à ce moment-là, que toutes les bonnes choses avaient une fin et qu'il était normal de payer l'addition quand le banquet était terminé. J'en avais bien profité. Pendant vingt ans, j'avais côtoyé tant de personnalités hors normes ; fantasques, capricieuses, géniales et dépressives, généreuses et égocentriques, solitaires mais perpétuellement entourées, que j'étais prêt à me contenter d'une certaine frugalité émotionnelle. Parfois, quand je vois mes petits vieux, je retrouve tous ces traits de caractère mégalos qui m'empêchent de regretter cette vie de démesure.

Quelques heures plus tard, je suis réveillé par le bruit de la machine à café et des assiettes et des tasses que l'on pose sur une table d'extérieur. Ce sont nos voisins, les Doriège, un couple de jeunes retraités qui, ayant vu la camionnette à leur réveil, sont allés chercher les croissants pour fêter le retour du voisin prodige.

Et rien que cette attention me réconcilie avec la vie, si tant est que j'aie pu être fâché avec elle. Je ne suis pas le genre d'homme à en vouloir aux éléments ou aux personnes. Je fais « avec » là où ma fille fait

« contre ». J'ai compris depuis bien longtemps que la colère ne faisait du tort qu'à soi-même et je vois avec tristesse Lydie se débattre avec ses ressentiments perpétuels sans pouvoir lui transmettre un peu de ma philosophie.

Sans vouloir être vaniteux, m'avoir comme ami, c'est s'abreuver à la source d'une oasis. C'est s'asseoir sur des coussins moelleux et recevoir immédiatement une boisson fraîche. C'est retrouver un trafic fluide en sortant d'un embouteillage ; ça fait du bien et c'est reposant. Et je pense que c'est déjà pas mal.

J'espère faire du bien aux gens que je croise. J'espère surtout ne jamais leur faire du mal. Dans la société, les gens se divisent en deux groupes : ceux qui tirent fierté de ne jamais se faire rouler par les autres (ma fille), et ceux pour qui tirent orgueil de ne jamais rouler les autres (moi).

## Chapitre 14

Quand je me réveille, la première chose que je vois c'est sa gueule avec la fléchette plantée dans son œil de morue. Pourquoi tu fais ça ? Pourquoi tu penses qu'on a envie d'avoir de tes nouvelles une fois par an ? Quelles nouvelles d'ailleurs ? Chaque année tu t'empâtes un peu plus, tu te maquilles un peu plus aussi. J'ai cru voir que tes lèvres avaient enflé. Comme ton cul. « *Best wishes* ». Tu sais même plus parler français ?

J'entends papa qui parle avec Yvonne et Jean-Pierre. Je sais qu'ils sont attablés devant les croissants, le jus d'orange et un café qui a le goût de son appellation. Ça m'écorche la gueule de le dire mais c'est vrai que c'est gentil d'aller chercher le petit-déj quand on arrive. Ça change tout pour papa.

J'enfile un peignoir et je vais les rejoindre. Un peignoir, si ce n'est pas le signe qu'on est chez soi !

« Voilà la dormeuse ! » s'exclame Yvonne en me voyant. Elle, c'est une bonne sexagénaire en total look Quechua-acrylique-moche-mais-chaud. « Bonjour Lydie, continue-t-elle en me servant une tasse, j'étais en train de dire à ton père qu'on ne vous avait plus vus depuis novembre. Et que vous me manquiez. C'est très long trois mois sans la galanterie de Bernard !

– Et sans la franchise de sa fille ! » ajoute son mari en éclatant de rire.

Ils se croient obligés de rire et de faire des petites phrases tout le temps ces gens-là, ce qui a le don de m'horripiler, moi qui éclate plus souvent de colère que de joie dans la journée. Mais j'aurai moins de rides nasogéniennes plus tard, pas de petits profits.

« Oh, Jean-Pierre ! le gronde sa femme.

– Laisse Yvonne, moi c'est son gros bide qui me manquait. Sans élément de comparaison, je commençais à me trouver grosse.

– Lydie, arrête. Ils nous ont gentiment apporté des croissants avant de partir voir la maman d'Yvonne. C'est dommage, on ne fait vraiment que se croiser.

– Vous restez combien de temps ? demande le gros voisin.

– Deux, trois jours.

– Le temps de lui refaire sa teinture, dis-je en mâchouillant un croissant.

– Tant pis, regrette la douce Yvonne. Et pourtant, j'aurais adoré qu'on puisse un peu discuter. Vous avez toujours tant d'histoires à raconter.

– Eh bien comme ça, ils en auront encore plus à raconter la prochaine fois. Allez, va te préparer Yvonne, on va être en retard. »

Tout le monde se lève et s'embrasse, et les Doriège retournent à leur caravane, très fleurie, elle, et encerclée d'une petite barrière qui délimite les contours de leur territoire. Eux aussi ont un jardin peuplé de gnomes en terre cuite. Ils seraient bien du genre à avoir un animal empaillé. Je pourrais peut-être leur refiler le « nôtre » et, pour le coup, papa en serait sûrement content. Non, les nains de jardin leur suffisent, je sais que chacun a un nom et une fonction. Et c'est « par amitié » qu'ils en ont posé quelques-uns dans notre jardin, comme une petite troupe de vigiles gentils et naïfs.

Après leur départ, papa qui, ici, ne se sent plus que Bernard Verrat, soupire d'aise.

« Ils sont gentils.

– Normal, dis-je pendant que je débarrasse. Yvonne rêve de coucher avec toi et je fais ce que je veux du gros Jean-Pierre. Bon, je vais préparer ta couleur. »

On a hésité entre l'auburn qui est un signe imparable de teinture chez les hommes, et le noir corbeau, plus connu sous l'appellation de « noir Dick Rivers » qui sied mieux aux artistes tendance rockeur mystérieux. Tout ce que mon père n'est pas, mais on s'en fout. Va pour le noir de Dick.

« Et dans la véranda, on mettrait plein de plantes vertes, des ficus, des orangers nains, j'ai vu ça chez Nicoletta dans *Femme actuelle*. Et quand on recevra des amis…

– On n'a pas d'amis Lydie, précise le faux rockeur, doucement pour ne pas me faire de la peine.

– Parce qu'on n'a pas de maison ! Il faut une maison pour avoir des amis ! Comment veux-tu approfondir une relation si tu ne peux jamais dire à la personne que tu as rencontrée “venez dîner à la maison, on se fera une bonne bouffe. J'ai une super cave, vous m'en direz des nouvelles. Et sachez que si vous avez trop bu, vous pourrez rester dormir dans la chambre d'amis”. »

J'arrête d'étendre le produit pour réfléchir à cette pensée profonde : « Tu penses que les gens qui ont une chambre d'amis, c'est parce qu'ils ont déjà des amis et que ceux-ci sont des poivrots qu'il ne faut pas laisser repartir après le dîner, ou qu'ils ont une chambre d'amis parce qu'ils espèrent avoir des amis qu'ils voudront aussi voir le matin, et pas seulement le soir ? Bref, toi tu auras les tiens et moi les miens. Et plus jamais de ma vie, je te verrai avant 9 heures du mat'. Putain, si je ne croise pas bientôt un mec de moins de 40 balais en caleçon, je sens que je vais devenir lesbienne ! Et, cerise sur le biscuit, je ne partagerai plus ma salle de bains non plus avec toi. Parce que ce n'est pas normal de se réveiller tous les matins avec son père en pyjama dans sa chambre. Toi, en revanche, une fois qu'on sera installés, t'es pas près de revoir une nuisette sur une femme de moins de 50 ans, dis-je en recommençant à étaler la teinture au pinceau.

– Tu me sous-estimes, ma belle. À croire que tu ne connais pas ma force de frappe.

– Si, si, papa, je la connais. Un peu trop même ; une fille ne devrait jamais voir son père draguer, c'est obscène. Bon, c'est posé, ne bouge plus.

– Merci, ma chérie. Mais après, prépare-toi, je t'invite à manger des moules. »

J'entame « Paroles, paroles » et je rentre dans la caravane tandis qu'il se détend et fredonne « New York, New York ». Mobile home, sweet mobile home.

Mais qu'il est beau mon champion en hidalgo sombre et ténébreux ! Il semble VRAIMENT avoir rajeuni. Comme si, en lui enlevant ses racines plus sel que poivre, je lui avais aussi enlevé quelques rides. Il se tient plus droit, délié. Il occupe toute la place dans son pull en cachemire vert sapin, reliquat d'une vie où je sais qu'il avait les moyens d'hésiter entre le turbot et le homard thermidor quand il allait au restaurant. Des cachemires comme ça, il en avait une dizaine, m'a-t-il raconté. Mais c'est le seul qui lui reste, les autres ont été mal lavés, ont rétréci ou ont commencé à boulocher, sans compter ceux qui ont été égarés lors des différents déménagements qui ont émaillé sa vie depuis une vingtaine d'années. Je me demande même si je ne lui en ai pas piqué un ou deux quand je repartais en pension.

« Tu es prête ? On peut y aller ? demande-t-il sans une once d'énervement. J'ai envie d'une grande bière.

– On peut passer par la plage ?

– D'accord, ma fille ! »

Il referme la porte de notre maison, tandis que moi, en sortant du jardinet, je salue nos mini-vigiles. On prend le sentier qui descend vers les dunes.

« Tu sais, ça me manque la mer. Pas celle-là qui fait trop de vagues mais la Méditerranée qui clapote gentiment, je lui dis en essayant de ne pas glisser. Quand on aura récupéré notre maison, on se lèvera tous les jours face à la mer. Ça me donne envie de chanter la chanson de Calogero. *Face à la mer* [...] *j'aurais pu mourir*... D'ailleurs je me disais que toi aussi tu pourrais faire une chanson qui parle de l'océan.

– Tu as raison, c'est un truc qui manque, les chansons qui parlent de ça. »

Il enchaîne avec « *la mer qu'on voit danser le long des golfes clairs*... », continue avec « *Belle-Île-en-Mer, Marie-Galante*... » jusqu'à « *Aux sombres héros de l'amer*... ».

C'est mignon, il croit que ça parle de la mer. Je ne savais même pas qu'il la connaissait, celle-là. Je ne suis pas en reste : « *C'est pas l'homme qui prend la mer, c'est la mer qui prend l'homme. Tatataaaaam !*

– *Z'étaient chouettes, les filles du bord de mer, ouin, ouin...* »

Il me surprend. Arno ! À mon tour :

« *L'été, on allait voir la meeeeeer, avec mon père, ma mère...*

– *Il y a le ciel, le soleil et la mer, il y a le ciel...* »

C'est un vrai festival ! J'adore !

« *Sur la plage abandonnée, coquillages et crustacés...*, j'entonne avec la voix de Bardot.

– Ah ben non, ça compte pas, y a pas le mot "mer" ! s'écrie mon père.

– Si ça compte !

– Non, ça ne compte pas ! » rit-il en me donnant un coup d'épaule.

Je réplique en essayant de le faire tomber, mais il m'agrippe et m'entraîne au sol. Nous voilà à chahuter comme des enfants sur le sable humide. Puis papa s'assoit, essoufflé.

« Elle me fait penser à toi.

– Qui ?

– La mer. Elle est tempétueuse et grise. On n'ose pas trop s'en approcher, de peur d'être embarqué au large.

– Merci de me comparer à une mer sinistre qui ne fait rêver personne.

– C'est faux. Y a que les gens qui veulent des baignades faciles et qui croient que le turquoise est signe de détente et farniente pour dénigrer ces vagues qui donnent au gris toutes ses lettres de noblesse. Ils sont trouillards et sans imagination, les pauvres. »

On se tait pour écouter les mouettes et le ressac.

« Lydie, tu sais qu'on ne l'aura pas, la maison. Il y a peu de chances qu'on rassemble 600 000 euros en six mois. Et c'est simplement réaliste de se l'avouer. Tu comptes faire quoi alors ? » Il a dit ça doucement, sans me regarder.

« Quoi, je compte faire quoi ?

– Ça fait cinq ans qu'on tourne ensemble. Je ne m'en plains pas, hein ! Mais je vois bien que tu n'es pas heureuse.

– Comment tu le sais ? je ricane.

– À ce petit ton, justement. Ce perpétuel petit ton ironique ou méprisant. Quand on est heureux, on n'est pas tout le temps dans la distance et le mépris. Et puis, cette façon de sembler prête à m'engueuler si je bouge un orteil sans ton accord. Là aussi, quand on est heureux, on n'est pas en colère à tout bout de champ contre son entourage. On trouve que la vie est belle et que les autres sont gentils.

– Donc toi qui ne t'énerves jamais, t'es heureux ?

– En tout cas, je m'efforce de l'être. J'essaie de voir le verre à moitié plein. Et même aux trois quarts plein. J'aimerais que tu fasses pareil. Tu veux quoi pour toi ? Tu ne vas pas rester aux côtés de ton vieux père toute ta vie.

– De quoi tu te plains ? T'es pas content que je m'occupe de tout ?

– Si, évidemment.

– Tu préfères quoi : une fille molle et heureuse que tu ne croiseras qu'une fois par an ou une fille certes un peu rude mais efficace et qui te materne ?

– Mille fois je préfère une fille molle et heureuse.

– Et c'est forcément l'un ou l'autre : je suis heureuse ou malheureuse ? Gentille ou méchante ? Je ne te voyais pas si tranché, papa. On va dire que je suis perdue. Et que ça fait longtemps. Le côté binaire de la vie, je l'ai expérimenté très tôt, non ? J'ai eu une mère jusqu'au jour où j'en ai plus eu. Elle était là et hop, elle n'était plus là. Et ça m'énerve encore aujourd'hui.

– Je comprends. Mais ce n'est pas notre faute à nous, tous les autres. Ne te trompe pas de combat. Et puis, y a qu'à toi que tu fais du mal, certainement pas à elle. Ma mère m'aimait trop et la tienne pas assez, faut croire que c'est plus difficile que prévu d'être une bonne mère. Je suis désolé si celle que je t'ai donnée est si mauvaise. On ne peut pas le savoir quand on tombe amoureux. Oublie-la, oublie-moi si tu veux, mais ne t'oublie pas toi. » Il me regarde du coin de l'œil. « Tu sais que je t'aime ma fille ! » dit-il en me serrant contre son épaule. Je sais qu'il m'aime. Va falloir que je le ménage un peu. Je n'ai plus que lui.

« J'ai un peu froid, faut que je retourne chercher un pull. Tu remontes avec moi ? je lui demande en m'ébrouant pour faire partir les grains de sable et les larmes qui commencent à perler.

– Non, je t'attends là.

– Allez, remonte avec moi ! j'insiste avec une petite moue enfantine.

– Non, vraiment je suis essoufflé.

– OK, attends-moi, je reviens. »

Je remonte seule le petit chemin. En arrivant à 20 mètres de la caravane, je vois tout de suite que la porte de celle-ci est ouverte. Je me précipite, je m'empare d'une rame en bois qui se trouve par terre et je me cache derrière le battant. Si le voleur est encore là, au moment où il sort : PAN ! Et c'est exactement ce qu'il se passe. Sans même regarder si c'est un homme ou une femme, quand la personne descend les deux marches, elle n'a pas le temps d'atteindre le sol qu'elle reçoit ma rame en pleine face et s'effondre K.-O.

C'est un homme. Et il tient Biscotte dans les mains.

« Papa ! Papa ! Remonte ! Au secours ! »

# Chapitre 15

Mais quelle histoire ! Lydie a assommé un homme qui sortait de notre maison avec le chien dans ses bras. Nous l'avons ligoté tant bien que mal sur une chaise à l'intérieur de la caravane. Il a le visage tuméfié. Elle est en train de fouiller ses poches.

« Non, il n'a pas touché au fric, il a rien pris d'autre. C'est le clebs qu'il voulait ! Mais pourquoi ? »

Moi, je m'essaye à la claque de réveil. Aux claques plutôt. Parce que je les enchaîne comme dans un dessin animé.

« Tu vas te réveiller, oui ?

– Vu ce qu'il a déjà pris dans la gueule tout à l'heure avec la rame, c'est pas en lui filant des baffes qu'il va reprendre ses esprits…

– C'est marrant, sa tête me dit quelque chose, dis-je en le regardant plus attentivement, mais je n'arrive pas à remettre où et quand…

– Il n'est pas terrible, juge Lydie, en le dévisageant pour la première fois.

– Je le connais... Mais avec son œil tuméfié, je ne le reconnais pas bien.

– Peut-être qu'une petite pipe à ma façon, ça le réveillerait ?

– La classe, la très grande classe ! Et il semble avoir bien plus de 40 ans. Toi qui disais...

– Oh ça va, c'est bon. On va le réveiller à l'eau claire ! »

Elle prend un verre d'eau et le jette au visage de l'inconnu qui émerge peu à peu.

« Bon, qu'est-ce qu'il lui voulait au chienchien, le joli coco ? Il est grand maintenant, il a plus besoin d'un doudou ! »

Tout en se fichant de lui, Lydie dépiaute la bête à main nue, sans aucun respect pour le compagnon adoré qu'elle fut pendant quinze ans, et en sort une clé qui se trouvait à l'intérieur.

« Ah ! C'est ça que tu voulais !! Pourquoi ? Elle ouvre quoi cette clé ? »

Le nouveau venu malvenu reste silencieux. Ce qui m'autorise à devenir bourreau maladroit, en lui donnant des pichenettes sur son œil tuméfié.

« Tu vas parler, oui ! Tu vas parler ? »

Et je m'acharne sur l'œil déjà mal en point.

« Aïe ! s'écrie ma victime.

– T'en veux encore une, c'est ça ? Tiens, voilà ! »

J'ai découvert une nouvelle joie dans l'existence. J'y retourne.

« Mais aïeeeee ! »

Lydie arrête rapidement mon jeu qui n'a pas l'air de donner des résultats. Chez la victime, du moins.

« Bon, on perd du temps ! »

Elle ouvre un tiroir et en sort un grand couteau de cuisine avec lequel elle fend l'air et entaille le front du toujours-et-encore inconnu.

« On va attaquer par là où ça fait mal. Si je lui explose les couilles, ce n'est pas vulgaire, ça ! Tu seras pas choqué, hein papa ? Je peux le faire ? »

Elle pose la pointe de son couteau sur l'entre-jambe de l'homme. Tenant l'arme à deux mains, elle commence à exercer une pression. Elle semble possédée. Les Verrat père et fille seraient-ils des sadiques qui s'ignoraient ?

« À LA UNE, À LA DEUX, À LA TR… »

Paniqué, celui-ci hurle : « Nooooonn ! C'est bon, pas ça, pas çaaaa… » Ce qui interrompt le geste de la Samson-du-camping.

« OK, alors vite maintenant. T'es qui toi ? Et c'est quoi cette clé ?

– C'est la clé de ma mère, c'est la clé du garde-meubles de ma mère, là où il y a des trucs en garde, et que… »

Lydie lui caresse la joue, soudain trop gentille. Ça la rend tout aussi inquiétante.

« Attends, on comprend rien ! Hein papa, qu'on comprend rien ? Alors tu reprends tes esprits et tu racontes calmement qui est ta mère.

– Eh ben, c'est la femme qui vous a donné le chien, madame Rigodet. Mais c'était surtout une salope.

– Je ne comprends rien : la clé, c'est quoi ? insiste ma fille. L'état d'esprit de la mère Rigodet étant très secondaire pour elle.

– C'est pour ouvrir la porte d'un garde-meuble, c'est là qu'ils ont tout planqué.

– Planqué tout quoi ?

– Tout, et bien tout. Tout ce qu'ils ont piqué pendant la guerre et après, ce qu'ils ont trafiqué. Tout, quoi ! »

Une alarme vient de s'allumer dans mon esprit, jusque-là étrangement silencieux.

« C'est où ? Et il y a quoi dans ce garde-meuble ?

– C'est à côté de Poitiers, mais je ne sais pas exactement ce qu'il y a dedans.

– On n'a rien à perdre ! je m'exclame. Le mystère du garde-meuble de Poitiers ! J'adore les mystères. C'est parti mon kiki ! Poitiers, Poitiers, cinq minutes d'arrêt ! »

L'extase sanguinaire de Lydie, elle, semble être passée et la voilà maintenant qui éponge le front ensanglanté du fils Rigodet.

« Oh regarde, il a peur, il est tout tremblant ! On l'emmène, hein ?

– Bien sûr qu'on l'emmène ! Il a beaucoup de choses à nous raconter cet homme. Déjà, comment il nous a retrouvés.

– Je ne vous ai pas retrouvés, je vous ai suivis, dit-il dans un souffle.

– Et s'il nous a raconté des conneries, je pourrai lui faire mal ? me demande-t-elle en jubilant.

– Bien sûr, ma chérie ! »

# Chapitre 16

De gentils citoyens arnaqueurs de l'ombre pour le bien des seniors, nous voici devenus Bonnie and Clyde. La joie d'être de retour à la maison s'est effacée très vite devant l'appât d'un gain hypothétique et nous voilà prêts à rembobiner notre barda en moins de temps qu'il ne m'a fallu pour rejeter la carte de vœux de ma mère. On a saucissonné le voleur de clé, on l'a allongé à l'arrière de la camionnette après y avoir posé un matelas usé – c'était une idée de papa qui avait pitié de lui – sans oublier de jeter à côté de lui le cadavre explosé de Biscotte. Ça, c'était mon idée : personne ne veut sentir la truffe d'un chien mort et démembré contre son cou !

C'est le paternel qui a pris le volant. On ne le reconnaît plus, celui-là ! De gentil vieux beau cherchant à maintenir sa superbe, le voilà qui a goûté au sang et qui en redemande. Ses digues de bienveillance ont sauté. Il veut sa part du gâteau maintenant qu'il entrevoit un gâteau à plusieurs étages. Et que ça saute ! Et que

TOUT saute : ses valeurs, sa morale, sa confiance en l'être humain ! Je ne suis pas en reste. J'étais déjà plus loin que mon père sur le chemin du Mal, mais il me restait tout de même quelques mètres à franchir jusqu'au carrefour des grandes décisions nauséabondes. Ces quelques mètres, je les ai parcourus en deux minutes et je ne veux surtout pas revenir en arrière : je trépigne sur mon siège et me retourne toutes les trois minutes pour m'assurer que « l'otage » est toujours là.

« J'ai l'impression qu'on a tiré le gros lot, je ne sais pas pourquoi mais je sens que cette fois, on va avoir de la chance… MERDE ! »

À cent mètres, au bord de la chaussée, une patrouille de gendarmerie procède à des contrôles.

Affolement chez papa qui demande :

« Je fais quoi ? Demi-tour ? Je continue, j'accélère ?

– Bien sûr, c'est ça, avec le bolide qu'on a. Non, tu t'arrêtes calmement s'ils te le demandent. Et tu joues ton Hervé Vincent des grands jours. »

Pendant ces quelques secondes, j'ai sorti un beau rideau rouge d'un des placards aménagés pour m'en servir comme couverture. Je me couche à côté du fils Rigodet et me colle à lui, comme une amoureuse, mais avec le couteau entre les jambes.

« Fais semblant de dormir. Si tu bouges, je t'explose les couilles.

– C'est une obsession !

– Ta gueule ! »

Je sens que la camionnette s'arrête au niveau des Pandores.

« Bonjour monsieur, gendarmerie nationale. Pouvez-vous présenter votre permis de conduire ainsi que les papiers du véhicule, s'il vous plaît ?

– Je roulais trop vite ? s'enquiert ma star d'un air innocent.

– Simple contrôle de routine. »

Il donne ses papiers au gendarme qui les confie à l'un de ses collègues. Lequel collègue tourne autour de la camionnette, vérifiant les plaques d'immatriculation, les phares…

« C'est quoi la vitre cassée ?

– Ah, c'est pour ça ? s'écrie mon père de soulagement. D'accord ! Eh bien, c'est à cause d'un spectacle que nous avons donné à côté d'une cité, du vandalisme, quoi !

– Parce que vous êtes dans le spectacle ? Remarquez, j'aurais pu m'en douter en lisant votre annonce sur la camionnette. Vous transportez du matériel ? Vous pouvez m'ouvrir le hayon arrière ?

– Euh, si vous voulez ! »

Je l'entends qui ouvre la portière, un peu tremblotant. Moi, je fais semblant de me réveiller dans les bras du fils Rigodet qui, lui, fait semblant de dormir. Y a des Oscars qui se méritent !

« C'est ma fille et son mari, précise le nouveau Clyde.

– Qu'est-ce qui se passe ? je demande en bâillant.

– Gendarmerie nationale, contrôle du véhicule ! C'est pas très réglementaire, ça, d'être couchés quand le camion roule. J'imagine que vous ne portez pas de ceinture !

– Oh, désolée monsieur l'agent, avec le spectacle qu'on a donné hier soir, on est tellement crevés ; et puis ce soir, on joue à Poitiers, alors il faut bien dormir un peu…

– Ah ! Les gens du spectacle… Bon, je vous laisse dormir et moi aussi je ferme les yeux. Pour cette fois ! » dit-il en claquant le hayon.

Mon père, soulagé, retourne s'asseoir derrière le volant. Par la vitre ouverte, il tend un disque au gentil gendarme.

« Tenez, ça c'est une de nos créations. Si vous êtes marié… Les femmes aiment bien mes chansons, et c'est ma fille qui écrit les textes.

– Merci, et pensez à faire réparer votre vitre quand même. Allez, bonne route et bon spectacle ! »

Tu parles qu'il va être bon le spectacle ! Après quelques instants, je retourne m'asseoir à l'avant.

« T'as l'air toute chose, toi ! T'as eu peur ? me demande papa.

– Bah, c'est-à-dire que… Non, mais c'est Rigodet. Il bandait. »

# Chapitre 17

C'est loin Poitiers quand on part d'Arromanches. On a beaucoup roulé, on s'est arrêtés toutes les deux heures, en bons petits soldats de la sécurité routière, et petit à petit le dialogue s'est noué avec le fils de cette brave madame Rigodet. Je suis même allé jusqu'à relâcher un peu ses liens sans que Lydie s'en aperçoive. Je sais maintenant où je l'ai déjà vu : dans le restoroute Total, près de la machine à café. C'est lui qui me regardait fixement. Il nous suivait déjà.

On n'en est pas encore à faire copain-copain mais l'ère glaciaire s'éloigne. Il a le même âge que moi et son rapport à sa mère n'a pas l'air plus jovial que le mien. Il a beaucoup râlé sur le fait que sa voiture soit restée au camping et que cela lui prendra un temps fou pour y retourner, sans parler du pognon que cela lui coûtera. Il a l'air obsédé par l'argent, cet homme. Et par la chance. Il répète en boucle : « C'est pas possible, j'ai jamais de chance. Merde alors, pourquoi j'ai jamais de chance… » Tout d'un coup, il a demandé si nous avions une patte de lapin ou un trèfle à quatre feuilles avec nous. « Pour conjurer le mal. » Autant dire qu'il s'est fait mal recevoir par Lydie qui ne croit en rien et certainement pas dans le pouvoir d'une mauvaise herbe ou d'un membre coupé. Mais lui n'en démordait pas : rien ne pourrait nous arriver de bon si nous n'étions pas « aidés », comme il dit.

C'est donc lui le fameux assassin de Biscotte. Un petit homme d'environ 70 ans, qui a une tête de poussin fâché et un ventre de mangeur de frites. Le pauvre, il n'est vraiment pas beau selon nos critères, à Lydie et à moi. Mais c'est normal, pour être beau à cet âge, il faut être heureux de ce que la vie vous a déjà donné et être convaincu que le meilleur reste à venir. Avoir comme expression principale accrochée au visage un mélange de « Lou Ravi du village » et d'aventurier du Nouveau Monde. Sinon, à 65 ans, on porte sur sa gueule les rêves perdus et non atteints, les espoirs avortés par nos propres renoncements et la dépression latente d'une vie que l'on n'a pas adaptée à nos capacités.

Rêver très grand d'accord, mais seulement jusqu'à 30 ans et puis on ajuste le costume à nos mesures, histoire d'arrêter de tirer dessus ou d'ouvrir les boutons continuellement. S'il existait un tailleur de vie, il accommoderait nos petites lâchetés, nos mesquineries titillantes et notre fond de tristesse à nos capacités morales et physiques. Et notre vie nous semblerait à notre taille, sans avoir besoin de maigrir ou de se tenir droit, puisque le costume ferait illusion. Un bon couturier ajuste tellement bien la veste malgré les défauts physiques du client qu'une épaule tombante ou un ventre de plombier ne se voient même plus.

J'ai eu cette chance et ce privilège d'être habillé par un tailleur italien qui avait fait ses classes à Londres, sur Savile Row. Il m'en reste deux ou trois chemises faites sur mesure. Mais j'ai égaré les boutons de manchette. Et si je ne rêve pas autant de la maison que ma fille, la première chose que je ferai, si l'argent revient à flots, ce sera de prendre l'Eurostar pour aller me faire faire un complet trois pièces chez Gieves & Hawkes, fournisseurs du prince Charles. Et je demanderai à Arthus Bertrand, le bijoutier, pas le photographe, de me dessiner des boutons de manchette en forme de clé de sol.

Il s'appelle Raoul, nous a-t-il appris. Si Lydie s'en fout complètement, j'avoue que cela me l'humanise un peu. Et pendant qu'elle conduit, on apprend à se connaître. Je n'ai pas si souvent l'occasion de parler avec quelqu'un de ma génération que je ne doive pas charmer avec arrière-pensée. On discute « d'homme à homme ». Même si Lydie ricane.

Il m'apprend qu'il y a dans sa voiture, pendus à son rétroviseur et collés à son tableau de bord, des dizaines de porte-bonheur et de grigris qui attestent d'un désir de vie émouvant : il a au moins deux pattes de lapin, trois mains de Fatma, un œil brodé et quatre trèfles à quatre feuilles dont deux naturels sous cellophane. C'est madame Bidart qui l'a informé du décès de sa mère et que celle-ci avait donné le chien à la fille du chanteur de charme qui l'avait justement charmée deux heures auparavant. Il lui a répondu aussi sec qu'il ne pourrait pas venir pour la mise en bière, fâché d'apprendre que sa mère avait donné le chien, objet de tant de haine pourtant, à deux inconnus.

« Elle était vraiment méchante, ma mère, vous savez. Une vraie sorcière. Jusqu'au bout elle m'aura fait souffrir. Elle n'aimait personne à part ce clebs. Quand je pense à ce qu'ils ont fait pendant la guerre, papa et elle. Elle aurait dû être rasée, c'est tout ce qu'elle méritait. C'est même pas moi qui l'ai tué son con de chien, c'est elle, avec sa phobie des rats : elle avait mal caché le poison alors, forcément, il en a bouffé. Bien fait ! De toute façon, c'était un rat. Je savais qu'elle lui avait tout confié, à ce sac à puces. Ne jamais faire confiance à personne, hein ? C'est ce qu'elle répétait sans cesse quand j'essayais de me faire des amis. Morue. Mais là, je peux vous dire que je l'aurai son trésor, et qu'à moi, il ne portera pas malheur, bien au contraire ! Et je claquerai tout en deux mois, rien que pour l'énerver là-haut. Aucune mère préfère son chien à son enfant, ça n'existe pas !

– Oh, tu sais, y en a bien qui leur préfèrent un Américain, alors », dit Lydie. Elle écoutait donc.

Ça y est, on vient de s'arrêter dans une zone industrielle, sur le parking du garde-meuble ou serait caché le trésor des parents de Raoul. Lydie est partie en repérage pendant qu'on continue à se raconter nos vies. J'ai enfin rencontré un frère de malheur ! Qui a toujours les mains liées, mais ça c'est parce qu'elle continue de se méfier. Qu'est-ce que ça fait du bien de partager :

« J'ai été con, je n'ai pas senti venir le CD, enfin je n'y croyais pas. J'étais leader dans le vinyle. J'avais la plus grande usine de fabrication de disques en Seine-et-Marne. J'étais invité à tous les lancements de disques des plus grandes stars. J'ai connu personnellement Johnny à ses débuts, et Claude François avant qu'il ne lance sa propre maison de production. On se marrait bien. Mais celui qui m'a le plus impressionné, c'est Ray Charles. Le mec était aveugle mais on avait l'impression qu'il te "voyait" ; il te scannait et s'il ne te sentait pas, tu ne faisais pas affaire avec son équipe. Moi, il m'aimait bien, je ne sais pas pourquoi. J'avais une belle maison sur la Côte d'Azur. À l'époque, tu allais soit chez Eddie

Barclay à Saint-Tropez, soit chez Bernard Verrat. C'est moi, Bernard Verrat. Hervé Vincent, c'est mon nom d'artiste. Quand j'étais jeune, je rêvais de m'appeler Hervé, je ne sais plus pourquoi. Et Vincent parce que mon meilleur ami s'appelait comme ça. Il est mort d'une overdose de LSD quand on avait 18 ans. Avoir 20 ans dans les années 1970, si t'étais pas américain et obligé de partir au Vietnam, franchement c'était le pied ! Tu t'en souviens ? On s'est bien marrés tout de même, non ? Et puis, cette saloperie de CD a tout balayé. J'ai dû fermer l'usine. Et peu de temps après, la mère de Lydie s'est barrée avec un producteur américain. Un mec que j'avais reçu dans ma piscine, qui avait pissé dans mes toilettes !

– C'est comme moi avec Brigitte ! Elle aussi elle est partie quand je me suis fait virer. Sauf que moi j'étais pas le patron de l'usine.

– T'es tombé de moins haut, c'est tout. Tu faisais quoi, dans ton usine ?

– Je bossais dans une imprimerie qui a énormément dégraissé quand les Chinois se sont réveillés et qu'ils nous ont pris tous les contrats. Quarante pour cent moins chers qu'ils étaient ! nous a dit le patron. Ils bouffent que du riz, les jaunes, alors forcément ils ont moins de besoins que nous. »

Lydie interrompt cette amitié naissante en ouvrant violemment la portière. Elle est livide.

« Merde, merde et remerde, on est niqués ! La clé ne suffit pas, il faut un code.

– Un code ? s'étonne Rigodet.

– Oui, un putain de code.

– Eh bien, on va le trouver. Un code, c'est toujours pareil ; une date de naissance, un chiffre fétiche, un anniversaire de mariage, dis-je pour la rassurer.

– Mais là, on a droit qu'à trois essais, c'est marqué partout sur des panneaux à l'intérieur. Au bout de trois essais, bim ! ça coince.

– Ah oui, là c'est foutu. »

Si c'était possible, on entendrait grincer les rouages de nos trois cerveaux. Celui de Rigodet semble rouillé.

Lydie relève la tête et lui demande :

« La date de naissance de ta mère. Vas-y, donne !

– Ma mère ? 29 mai 1928.

– 29-05-28, je reviens, 29-05-28, 29-05-28. »

Elle file vers le hangar.

« On en était où ? je reprends. Ah oui, les Chinois t'ont pris ton boulot et ma femme m'a quitté pour un Amerloque. Déjà des problèmes de mondialisation. J'ai dû vendre la maison. Lydie avait 10 ans. Sa mère s'était barrée de l'autre côté de l'Atlantique sans même la prendre dans ses bagages. On peut quitter son mari, je le comprends. Mais sa môme ! C'est vraiment dégueulasse, non ? Moi, les femmes, à cette époque, je ne les connaissais que pubères et indépendantes vu que je n'ai pas eu de sœur ni de cousines, alors ma petite fille, j'étais censé en faire quoi ? Déjà à cet âge-là, elle pouvait prendre cet air buté qui me glace encore et me paralyse. Du jour au lendemain, elle n'a plus jamais prononcé le mot "maman". Je ne savais pas qu'à 10 ans on pouvait être si déterminée. Moi, je n'avais pas envie de quitter le milieu, j'avais un joli brin de voix à ce qu'on disait, alors je suis parti sur les routes pour devenir chanteur de maisons de retraite et j'ai mis Lydie en pension. Une bonne pension, hein ! Mais une pension tout de même. Elle en sortait un week-end par mois pour me rejoindre là où je me produisais. Elle avait honte de me voir devant ce public naïf et baveux. Tu sais comment sont les ados : ils veulent pouvoir briller auprès de leurs potes. Elle, elle cachait aux jeunes qu'elle côtoyait que son paternel était un chanteur ringard pour personnes âgées. Quand je venais la chercher, à la fin de l'année, elle me disait comment je devais m'habiller et ce que je devais dire aux autres parents si, par hasard, un père me demandait ce que je faisais dans la vie. Je l'ai vue grandir et devenir une belle femme mais cynique et méprisante. Avec le temps, j'ai vu ce cynisme s'étendre à tout ce qu'elle vivait avec moi, et surtout à tout ce que je faisais. Je suis lucide pourtant ; je ne me dis jamais que je suis un grand chanteur ou un artiste complet mais je ne fais du tort à personne, plutôt du bien d'ailleurs et je n'ai jamais arnaqué mon public. Quand elle a quitté l'université après avoir tenté je ne sais plus quel cursus, elle s'est installée à Paris pour chercher du travail. Je sais qu'elle y avait quelques camarades de son lycée suisse qui auraient pu l'aider. Mais ils ne l'ont pas fait. C'est pour cela qu'elle est venue bosser avec moi et m'assister sur scène et en coulisse. Et je dois dire que ça m'a bien soulagé ! Ça fait un peu plus de cinq ans maintenant qu'on chemine ensemble. C'est elle qui m'a fait comprendre qu'on pouvait faire d'une pierre deux coups en se produisant devant ce public particulier. Elle a développé la partie *after-show* et fait le pari d'être mis sur les testaments des pensionnaires en tablant sur la solitude de certaines vieilles personnes. Je la soupçonne de bien la maîtriser, cette solitude-là, faite d'attente inassouvie et de rancœur tenace.

– C'est une bonne idée en tout cas ! Non, moi je suis pas parti sur les routes. Je suis rentré chez ma mère.

– Faut jamais faire ça, malheureux ! Partir sur les routes, c'est souvent moins dangereux que de revenir chez sa mère, contrairement à ce qu'on croit. »

Lydie est ressortie du hangar. Au lieu de remonter dans le véhicule, elle vient à la fenêtre côté passager et s'adresse au fils Rigodet :

« Plus que deux. Allez, la date d'anniversaire de ton père, vas-y balance.

– Mon père, c'est le 12 décembre 1912.

– 12-12-12, tu te fous de ma gueule ou quoi…

– Il a bien fallu que des gens naissent ce jour-là. Eh ben mon père, il est né ce jour-là.

– Il a raison ! je renchéris. En même temps ça fait un bon code facile à retenir.

– C'est pas faux. 12-12-12, OK, je reviens. 12-12-12, 12-12-12…

– Elle est volontaire votre fille, hein ! rigole l'ex-saucissonné.

– C'est un euphémisme !

– Un quoi ? demande Raoul.

– C'est une sorte de pitbull quoi !

– Ah ! je ne connaissais pas cette race. Mais je suis sûre qu'elle peut être attachante.

– Oui, faut savoir la prendre ! »

À travers le pare-brise, on voit Lydie sortir une nouvelle fois du hangar et se ruer vers l'arrière de la voiture. Elle ouvre brusquement le hayon et, tout en écartant le chien disloqué qui retombe gueule ouverte et panse béante pas loin du prisonnier, elle prend Rigodet par le col de sa chemise et lui postillonne au visage :

« Je le savais putain ! 12-12-12, ça n'a pas une tronche de code, ça ne ressemble à rien. 12-12-12, c'est un code d'école maternelle à la rigueur… Bon, allez, ta date de naissance à toi, balance !

– Non ! répond fermement celui-ci, le visage tourné vers le chien pour éviter ses postillons.

– Quoi ?

– J'ai dit non !

– Putain, tu vas me donner ta date de naissance, je peux te le dire ! » s'écrie ma furie préférée, en grimpant dans le véhicule.

Elle s'empare du couteau et le place à nouveau entre les jambes du prisonnier.

« Bon, tu te magnes ou je t'explose les couilles !

– Ce serait dommage pour vous, parce que le code, ce n'est pas ma date de naissance, dit-il d'une voix plus assurée que jamais.

– Ah ! Bon, et comment tu sais que c'est pas ta date de naissance ?

– Parce que je crois que je le connais !

– C'est malin ! Et tu ne pouvais pas le dire plus tôt ?

– Ben, non ! Parce que je viens seulement de comprendre.

– Tu viens de comprendre quoi ? je lui demande calmement parce qu'il faut toujours qu'il y en ait un qui reste calme dans une opération, sinon, ça part en sucette à tous les coups.

– Je veux bien vous le dire… À condition que je puisse venir avec vous.

– Mais c'est du chantage ! s'écrie ma fille.

– Faut avouer que dans ma position, ça se défend !

– Admettons ! Donc en fait, on n'aurait pas le choix, dis-je, toujours plus conciliant qu'elle.

– Voilà ! Vous n'avez pas le choix. C'est vous qui l'avez dit.

– Bon, OK, dit Lydie en lui coupant les liens. Mais je te préviens : si tu fais quoi que ce soit de travers, je…

– Vous m'explosez les couilles, je sais. Des promesses, toujours des promesses… »

## Chapitre 18

Nous voilà tous les trois dans le hangar, à essayer d'avoir l'air dégagé et serein des gens qui viennent chercher leurs anciens livres d'école « pour prouver aux enfants qu'on n'était pas aussi mauvais qu'eux en maths » dans des caisses qui prennent la poussière depuis trente ans. On croise un maître-chien en train de patrouiller aux côtés d'un beauceron magnifique qui aboie en tirant sur sa laisse à notre approche. C'est comme ça que je découvre que le fils Rigodet a discrètement emmené Biscotte (ou ce qu'il en reste) avec lui. Quel con ! Moi qui espérais passer inaperçue afin d'être très vite oubliée en cas de pépin, maintenant je suis certaine que le vigile nous a à l'œil. Mais pourquoi a-t-il apporté ce sac à puces avec lui ? On ne peut même pas parler d'hommage à sa mère, vu ce qu'il en a dit.

« Il me porte bonheur, explique-t-il.

– T'as un sens aigu du bonheur toi !

– Je vous ai quand même rencontrée.

– C'est pas moi que t'as rencontrée, c'est une rame dans ta gueule. » Je n'aime pas les gens qui refont l'histoire.

OK, nous voilà arrivés devant le box n° 129 qui correspond au numéro marqué sur la clé.

« Alors, ce code ? s'enquiert la star, qui n'a rien entendu de l'échange verbal et oculaire entre moi et son nouveau confident.

– T'es sûr de toi ? je redemande. Parce que c'est notre dernière chance.

– Pratiquement, répond l'orphelin de deux jours.

– Dis-nous comment tu sais, je te dirai si tu sais bien, énonce doctement le Hervé qui a décidé de prendre le rôle du sage dans l'équipe – et on ne va pas le lui disputer.

– Tout à l'heure quand votre fille a jeté le chien et qu'il est retombé sur le côté, j'ai vu qu'il avait un tatouage dans l'oreille…

– Oui, comme beaucoup de chiens, je remarque. Allez, on se casse, ce n'est pas ça.

– Sauf que normalement, dans les tatouages de chien, y a aussi des lettres et que là, y a que des chiffres », dit le petit Raoul en présentant l'intérieur du pavillon du teckel.

Pas con.

« Tape le code mon cher, déclare solennellement le grand Hervé.

– C'est un 9 ou un 3 ? s'interroge Raoul. J'ai plus mes lunettes.

– Eh bien, vas-y papa, lis !

– Moi non plus je n'ai pas mes lunettes.

– C'est un chien d'aveugle qu'il vous faut. Passez-moi Biscotte. »

Je tape le code et…

« YES ! Passez messieurs, l'âge avant la beauté. »

En s'ouvrant, la porte du box n° 129 a déclenché l'allumage automatique des néons. On entre et on referme derrière nous pour plus de tranquillité. À l'intérieur s'étalent devant nos yeux 80 mètres cubes de tableaux, de meubles anciens, de sculptures, de vaisselle et d'argenterie… Il s'agit d'un véritable musée. Et à vue de nez… et d'œil, le tout doit valoir une véritable fortune.

« La vache ! murmure celui-qui-aurait-dû-hériter.

– Que des vieilleries ! » je m'exclame, dépitée.

On se met à ouvrir les portes des armoires et les tiroirs des commodes pour en sortir d'autres objets, d'autres tableaux miniatures. Ce n'est pas la caverne d'Ali Baba, c'est le château du père d'Ali Baba ! De son côté, papa soulève une couverture qui protégeait une toile.

« Non ?! Un Fragonard !

– C'est une alarme ? je m'inquiète.

– C'est pire qu'une alarme, c'est de la torture. Ça a une valeur inestimable mais ça clignote trop pour se revendre sans te dénoncer.

– C'est comme si tu venais de toucher le loto, mais que t'as pas le droit d'encaisser, croit devoir expliquer Raoul.

– Tu peux toujours le garder chez toi mais tu ne peux plus inviter personne parce que tes amis t'accuseraient d'avoir mauvais goût. Et tes relations qui en connaîtraient la valeur t'accuseraient tout court ; les jaloux, ça parle. Sans compter que si tu veux quand même l'accrocher, tu seras obligé de refaire entièrement la décoration, parce que le rococo ça ne va avec rien… sauf avec le rococo. Tous ces travaux pour ne plus recevoir, tu parles d'un loto. Fragonard est à la peinture ce qu'André Rieux est à la musique classique, continue l'artiste, toujours didactique. Ça ressemble à ce qui est beau, ça plaît au peuple, ça rapporte beaucoup d'oseille, mais au fond, artistiquement, c'est de la peinture de concierge.

– Ma mère était concierge ! réplique Rigodet.

– La boulette ! dis-je en m'esclaffant.

– Concierge ? Mais comment elle a eu tout ça ? s'étonne papa.

– Elle l'a volé pendant la guerre. Mon père, lui, était déménageur. Autant vous dire qu'ils étaient au courant des gens qui partaient ou “qu’on faisait partir”, si vous voyez ce que je veux dire. Elle en a dénoncé plus d’un, et voilà le résultat. Quant à mon père, vu son métier, c’était pas très difficile d’endormir quelques bricoles ni vu ni connu entre les salons et le camion. Bref, eux, ils n’ont pas tout perdu pendant cette période.

– Ah oui, quand même ! Ah les crevures ! Je suis désolée de dire ça mais c’est vrai ! je m’écrie.

– Y a pas de gêne, reconnaît Raoul. Sauf que mon vieux, après la guerre, quand il a vu les images des Juifs squelettiques dans les camps, lui qui avait plutôt fait du gras, il a eu des remords et il a dit à ma mère qu’il ne fallait pas y toucher parce que ça allait nous porter malheur. Ils ont tout mis ici et ils n’y sont jamais retournés. Enfin mon père, parce que je crois que la vioque, elle est revenue quelques fois. Elle est restée concierge mais elle avait des manteaux de fourrure plus beaux que ceux des proprios. Elle disait qu’on les lui avait offerts. Vous me présenterez les habitants d’un immeuble qui offrent du vison pour les étrennes !

– Et toi, tu avais des jouets plus beaux que les fils des proprios ?

– Même pas. Déjà à l’époque, y avait que son chien qui l’intéressait. C’était pas le même chien, évidemment, mais il prenait déjà toute la place. Elle bichonnait son clebs pour qu’on lui dise qu’il était très beau.

Et moi, à côté, je n'avais même pas droit à un nouveau chandail chaque année. Mon père, lui, il a été mis en retraite très jeune, avec le dos cassé. Il restait toute la journée dans la loge, à se faire traiter de faignant et de profiteur. On aurait dû s'associer contre elle mais on n'en a même pas eu l'idée. On n'était pas une famille mais un archipel. Il n'y avait que le chien qui passait de l'un à l'autre pour quémander une caresse. Et c'était bien le seul qui en recevait ! On reproche souvent aux enfants de ne pas venir visiter leurs vieux parents quand ceux-ci sont placés en maison de retraite mais, pour certains, faut voir les parents que ça a été !

– Bon, mais qu'est-ce qu'on va foutre de tout ça ? je demande, embrassant la pièce du regard.

– Rien, on ne va rien en faire, répond mon père. Tout ça c'est infourgable ; provenance douteuse, certainement répertoriée, et c'est sans doute pour ça que ça a fini ici. Et donc on va le rendre.

– Quoi ?! On ne va rien gagner alors ?

– Si, la reconnaissance de la nation, une poignée de main moite dans une préfecture et une coupe de champagne tiède.

– Et si on a du bol, un ruban bleu au bout duquel se balance un bout de métal, et qu'on t'accroche là, sur la poitrine, ajoute Raoul, qui ne semble ni surpris par le trésor ni déçu de le voir s'échapper à peine alpagué.

– T'as raison, il nous a bien porté chance, ton clebs. »

Puis, mue par un ressort personnel fait de rage et de hargne devant les mauvais tours que la vie me joue depuis si longtemps, tant d'espoirs trahis et de déceptions prévisibles, je commence à fouiller partout, hystérique et au bord des larmes. J'ouvre violemment les commodes en marqueterie, je déplace les tableaux sans respect, je fais voler les objets dans leurs boîtes. Ah non ! Moi, je n'ai pas fait tout ça pour une médaille ! Je m'en fous des honneurs, je veux ma maison !

Et tout au fond, sous un fatras de vêtements de luxe à peine protégés par des housses, je tombe sur une petite malle. Je l'ouvre avec fébrilité, comme je viens de le faire avec tous les contenants rassemblés, mais là, je suis scotchée, hypnotisée par ce que je vois. Je tombe à genoux en sanglotant et riant tout à la fois.

« Qu'est ce qui se passe ? Tu as trouvé quelque chose ? s'inquiète mon père.

– Venez voir… »

Mes deux bras cassés se penchent par-dessus mon épaule et voient comme moi des lingots d'or sagement alignés aux côtés de bijoux et de napoléons. Comme moi, ils remarquent tout de suite qu'il en manque deux.

« Je le savais ! s'exclame le fils Rigodet. Regardez, elle a pioché dans la réserve ! »

Je referme la petite malle pour la serrer tout contre ma poitrine.

« Ça, c'est à moi. Le reste, vous pouvez le prendre, je m'en fous.

– Certainement pas, rien n'est à toi ici, s'insurge Raoul.

– C'est à moi qu'elle a laissé le chien !

– Parce qu'elle était gaga ! C'est moi qu'elle a méprisé pendant des années !

– T'as pas le monopole de la mauvaise mère ! »

Il voit la haine dans mes yeux.

« Je vous jure que ce pognon est à moi.

– Mais c'est l'argent d'un génocide, Lydie, énonce lentement papa. On ne peut pas…

– Je m'en fous. Eux, ils sont morts et moi je suis vivante. Et ce n'est pas moi qui les ai tués. Je ne les ai pas volés non plus. J'ai juste hérité d'une clé !

– Vous étiez vraiment faites pour vous entendre, elle et toi, constate Raoul avec amertume. Aucun scrupule… »

Hervé Vincent me regarde dans les yeux et continue :

« Mais Lydie, cet or sent les charniers, la peur, les rafles, les trains...

– Non, il sent le mimosa, la soie, le luxe, la liberté, la maison de mon enfance...

– Qui sera remplie de fantômes en pyjama rayé, de sanglots de mères séparées de leur enfant. On y entendra des ordres, des exécutions sommaires "tarat-taaaata" et puis le bruit des corps qui tombent...

– Je les vois, dit Raoul en frissonnant.

– Moi pas. Moi, je vois mon avenir. Donnez-vous bonne conscience si vous voulez mais moi, je n'ai rien demandé et pour une fois, j'ai reçu. Je prends ce qui m'appartient. Et je vous attends dans la camionnette. »

# Chapitre 19

Elle est vraiment partie avec le coffre. Et nous, les deux vieux imbéciles, parce qu'on ne s'est jamais élevés contre rien, parce que nous nous sommes toujours accommodés de tout en se disant qu'un jour une conscience, une volonté farouche, une envie d'en découdre nous pousseraient dans le dos et nous feraient nous rebeller contre la société, les changements, les injustices, et parce que cette conscience et cette volonté ne nous ont jamais pénétrés, nous l'avons rejointe avec des regards désapprobateurs qui n'ont jamais arrêté une mouche ou un salaud, alors une femme qui voit poindre un avenir radieux, n'en parlons pas !

Arrivés à l'hôtel, Lydie a immédiatement rejoint sa chambre pendant qu'on allait s'en jeter un. Ou plusieurs.

Quand perdra-t-elle la tête, ma fille ? Quand se laissera-t-elle aller à se détendre ou au moins à profiter ? Va jusqu'au bout du cynisme ma chérie : puisque cet argent n'a pas l'odeur du charnier pour toi, puisqu'il ne signifie rien d'autre que ton futur radieux qui ne fera de mal à personne mais que du bien à toi, puisque tu as décidé que tu n'avais pas de mémoire et que seul le présent t'intéressait, alors fais-toi couler un bain, allume une bougie et rêve ! Projette-toi, fais-toi du bien, jubile. Mais en es-tu seulement capable ? Vingt-cinq ans d'ironie pour protection sociale doivent être un sacré pare-feu à l'amour et au bonheur.

Nous, on a décidé de maintenir notre niveau de minabilité au plus haut. Lâche un jour, lâche toujours ! Allons-y, continuons de nous parler de nos échecs : et ma femme qui est partie, la salope, et mon boulot qui s'est barré aussi, et l'État voleur, et les impôts, et la faute à pas de chance, etc. Ni coupable, ni responsable. Jamais. De rien. Comme le dit Raoul, qui ne dit pas que des conneries : les femmes sont souvent victimes des hommes mais les hommes, eux, sont victimes de TOUT LE RESTE !

« Rappelle-moi le nom de l'abruti qui a dit "le malheur des uns fait le bonheur des autres" ? demande-t-il pâteusement.

– Le même que celui qui a écrit "l'argent ne fait pas le bonheur".

– "Bien mal acquis ne profite jamais" », je continue. Mais là, ça jette un froid.

« Pour être heureux, il faudrait ne pas avoir de morale, c'est ça notre problème, articule difficilement Rigodet.

– C'est vrai, dis-je en oubliant de prononcer les consonnes. Allez, viens, il est temps d'aller mettre la viande dans le torchon. La journée a été longue. Il faut que j'aille retrouver ma méchante fille. J'espère qu'elle dormira. »

Comment pourrait-elle dormir avec tout ce qui lui trotte dans la tête : le cours de l'or, la maison qu'elle va pouvoir acheter ET rénover, la tournée qu'elle va quitter, les amis qu'elle va avoir dans son salon, les amants qu'elle va avoir dans son lit. Plus rien ne sera comme avant ! pense-t-elle.

On voit à la forme de sa couverture qu'elle a placé le coffre au fond de son lit. En mettant le pognon à ses pieds, elle pense sans doute qu'elle mettra aussi le monde à ses pieds. Quand je suis entré dans la chambre, j'ai tout de suite vu qu'elle faisait semblant de dormir. Mais je ne suis pas dupe. Je veux bien la savoir dure et misanthrope, mais pas sans mémoire. Et pas AUSSI dure et AUSSI misanthrope. Elle a un peu de mes gènes, non ?

« Cet or n'est pas à nous, il ne nous était pas destiné, je lance dans le silence de la nuit.

– Le champ de Mondé-le-Front non plus, la Twingo rouge pareil, ni la maison de Roubaix et ça ne t'a jamais dérangé, j'entends en retour.

– Les vieux, on attend qu'ils meurent. On ne leur fait pas de mal, bien au contraire. Ça n'a rien à voir.

– Là non plus je ne leur ai pas fait de mal. »

Je ne réponds pas tout de suite. Sur quel bouton appuyer pour la faire revenir du côté des gens imparfaits mais pas dégueulasses ? Toutes les morales ne se valent pas.

« Tu y habiteras seule dans cette maison.

– Tant mieux. »

Après une minute de silence, elle ajoute :

« Tu sais papa, depuis que maman est partie, à chaque fois que je baisse les yeux, je m'aperçois que j'ai les poings serrés. »

C'est son histoire à elle qu'elle veut réparer. Une histoire de mère partie sans emmener son enfant parce qu'elle était amoureuse. Comment pourrait-elle envisager la douleur des mères qui voyaient partir leurs enfants dans la mauvaise file ?

« Je veux aller la voir dans une décapotable blanche, avec des super belles fringues, et bronzée. Et une fois qu'elle m'aura reconnue, après s'être demandé qui est cette jolie fille bronzée et bien habillée qui la regarde, je refuserai de l'embrasser.

– Et tu auras toujours les poings serrés. Tu vas faire 6 000 km pour ne pas l'aimer ?

– Non, je vais faire 6 000 km pour qu'elle ait des regrets… Je passerai du temps là-bas, à me faire aimer d'elle et de son connard de cow-boy pour la voir pleurer quand je partirai. Je veux qu'elle me supplie de rester. Qu'elle se demande tous les jours, après mon passage, quand je vais revenir. Je veux qu'elle chiale comme j'ai chialé. »

Que puis-je répondre à cette jeune femme de 35 ans qui fait enfin entendre la petite fille de 10 ans qui ne l'a jamais quittée ? Je me rends compte, avec vingt-cinq ans de retard, qu'on aurait pu se consoler ensemble, mais j'avais préféré m'éloigner d'elle comme ma femme s'était éloignée de moi. Qui avait-elle quitté ? L'homme d'affaires ruiné ou son mari défaillant, père de sa fille ? J'ai toujours préféré la première option. Une affaire, ça se remonte, être un mari décevant, ça se cache.

Depuis cinq ans qu'on bosse ensemble, j'ai appris à l'aimer, cette fille-hérisson qui ne me laisse rien passer mais sur qui je peux compter jour et nuit. Elle m'écrit des chansons que j'aime interpréter, elle qui, jusqu'à présent, ne semblait pas vouloir partir. Finalement, je finirai seul ?

« Tu vas me manquer, je finis par dire.

– C'est ce que je veux. Je veux manquer aux gens. »

Mais je n'ai pas encore dit mon dernier mot.

« Comme quoi avec toi, la mémoire c'est "quand je veux, si je veux".

– Pourquoi tu dis ça ?

– Tu veux oublier d'où vient cet argent. Mais grâce à lui, tu veux que ta mère ne t'oublie plus jamais. Pratique. Je te croyais ironique face à la vie mais en fait, tu es cynique. C'est pire. Eh bien, tu n'iras pas ! »

Lydie se relève dans son lit.

« Quoi ? » Elle allume sa lampe de chevet. On est tous les deux droits dans notre lit, l'un en face de l'autre.

« Tu n'iras pas voir cette salope avec l'argent des Juifs !

– T'es jaloux, c'est ça qui te dérange ! Toujours ta petite personne ! Tu parles… "l'argent sale" ! Mais tu t'en fous… C'est juste que cet argent me permet de me barrer et ça, tu ne le supportes pas ! Tu vaux pas mieux qu'elle !

– Je ne suis pas jaloux ! Hier encore c'est moi qui te disais de faire ta vie sans moi ! Je ne t'ai pas élevée pour que tu deviennes ce genre de personne, c'est tout.

– Je ne te dois rien ! Ça fait cinq ans que j'assure tes arrières, que je te permets de faire le beau à pas cher ! C'est moi qui ai trouvé le moyen de mettre du beurre dans les épinards. J'achète les épinards, je les cuisine, je les sale et je mets la table pour que tu puisses les manger. Sans moi, tu n'es rien ! C'est moi qui t'ai permis de te relever ! Je fais ce que je veux de toute manière.

– Non ! Tu ne fais pas ce que tu veux !

– Ah, non ? C'est nouveau ! Et tu vas m'en empêcher comment ? Avec tes petits bras ?

– Je te dénoncerai.

– Ça m'étonnerait.

– Regarde-moi bien, Lydie ! Je te dénoncerai ! »

Toute forme d'hésitation molle m'a quitté.

« Tu me dénonceras pour m'empêcher d'aller voir ma mère ?!

– Non ! Je le ferai en mémoire des morts.

– Menteur !

– Je te jure Lydie, j'en suis capable.

– Juste parce que t'es jaloux !

– Non !

– Mais avoue que c'est pour ça ! Par peur d'être seul.

– Tu crois ce que tu veux, pour ta mère, pour les Juifs, pour moi… En tout cas tu n'iras pas la rejoindre grâce à cet argent.

– Mais t'es un pourri ! Me dénoncer pour m'empêcher de voir ma mère. Je ne t'appartiens pas !!! »

Je lui décoche une gifle magistrale. Elle n'en revient pas. Moi non plus.

« T'as pas le droit de… »

Je lui assène une nouvelle baffe qui la fait tomber violemment sur le lit.

Maintenant, elle pleure en silence tout en se frottant la joue. J'éteins la lumière. Ça suffit. La chambre est remplie de sa tristesse à elle et de ma colère à moi.

Pour une fois, j'ai fait ce que j'ai dit. J'ai convaincu le fils Rigodet que les meubles, les tableaux, les objets du garde-meuble lui porteraient malheur et qu'aucun de ses gris-gris ne seraient assez puissant contre la malédiction d'un génocide humain.

Aujourd'hui, il y en a donc un qui semble content de voir la pièce se vider. Et le vide-grenier ne se fait pas sans témoins : c'est tout le ban et l'arrière-ban politique et médiatique de la région que j'ai mis au courant de la trouvaille et surtout de sa restitution. Des voitures de police, des membres de la préfecture, des journalistes, des huissiers s'agitent sur le parking du garde-meuble. Dans un ballet soigneusement organisé, ils chargent les œuvres dans des camions de déménagement. Et Raoul Rigodet remet solennellement la petite malle de lingots à un officier en tenue. Je ne sais pas où est Lydie.

# Chapitre 20

Quand le garde-meuble et le parking ont été vidés, les deux lâches se sont serré la main, fiers d'eux et de leur probité qui les honore. Aujourd'hui rachète toutes leurs petites lâchetés d'hier, pensent-ils. Aujourd'hui ils sont des super-héros, leur sang est d'or et leur conscience est en platine. La mesquinerie ambiante ne les touchera plus jamais, ils lévitent au-dessus de la mêlée. Ils sont des saints et tout est à nouveau possible. Mon cul. Rien ne change jamais rien. Ils m'ont juste privée d'un futur au nom d'un miroir dans lequel il faudrait pouvoir se regarder.

Le Raoul aurait bien aimé continuer la route avec nous ; il aurait monté la sono et l'éclairage avec moi, mais j'ai refusé. J'aurais certainement partagé l'or mais puisqu'il n'y en a pas, c'est chacun pour soi.

On part pour Mulhouse où la vedette est attendue dans un nouvel établissement cinq étoiles qui pourrait devenir une étape récurrente du *Hervé Vincent's tour*. Et Rigodet prend le train pour aller chercher sa bagnole pourrie qui est restée sur notre parking. De là, il rejoindra son HLM de banlieue où l'attendent des voisins bruyants qui ne l'invitent jamais à boire l'apéro et une télé baveuse qui s'invite trop à toute heure du jour et de la nuit. Tant pis pour lui.

Ils auraient dû m'enfermer dans le garde-meuble, maintenant qu'il est totalement vide. J'ai 35 ans et je n'ai rien, même plus d'espoir de changement. On ne l'aura jamais cette maison, et je continuerai à tourner en orbite autour d'un monde où personne ne m'attend. Je suis un de ces déchets de l'espace qui gravite sans fin jusqu'à ce qu'une météorite ou un satellite perdu le frappe et le fasse exploser sans que quiconque ne s'en rende compte.

L'année passe et nous revoilà sur la tombe de Christiane Bachon, sans s'être garés sur la place pour handicapés cette fois. On empoche la petite enveloppe, Hervé Vincent signe de nouveaux autographes aux deux sœurs qui ont remisé leurs manteaux d'astrakan – réchauffement climatique oblige ! –, et on repart sans avoir été emmerdés par les deux bouseux. C'est le fils du notaire qui était là, il a repris la succession de son père. Peut-être que celui-ci est mort d'une angine de poitrine après nous avoir attendus si longtemps. On a aussi hérité d'une bague qui nous a fait faire un détour important en pleine canicule. Mais le diamant promis s'est avéré être un magnifique zircon. On a récupéré un peu d'argent de la vente de la maison de madame Léondi, la joueuse de crapette, mais pas assez pour pouvoir racheter celle du Sud, évidemment. On n'a pas été à la vente.

Je n'écris plus de chansons, mon père tourne avec les anciennes. S'il veut se faire faire sa couleur, il va dans un salon de coiffure mais son noir n'est plus aussi noir. D'ailleurs Dick Rivers est mort. Il est retourné seul au camping pour quelques jours de vacances. Mon père, pas Dick.

J'ai préféré partir de mon côté. Je ne lui ai pas dit où. On ne se parle plus beaucoup. On ne s'engueule pas non plus, on vit côte à côte comme un vieux couple qui sait que ça ne sert à rien de parler : nous ne changerons pas et notre vie non plus, alors à quoi bon ? Je crois que mon père préférait quand j'étais en colère. Au moins j'étais vivante, dit-il. Non, j'étais déjà morte à moi-même mais il ne le savait pas, c'est tout. Et maintenant, j'attends que ça passe.

Et ce n'est certainement pas cette putain de cérémonie qui va changer quelque chose à ma vie. Qu'il ne s'avise pas de me regarder avec son petit œil fiérot sinon je l'emplâtre. Aujourd'hui est le grand jour des deux chevaliers blancs : la remise de médaille de la nation reconnaissante à Raoul Rigodet pour la restitution des biens spoliés.

Lui, pendant quelques semaines après la Grande Découverte, a continué à se sentir dans la peau d'un Juste. On l'a vu dans les journaux du coin et un grand magazine national lui a consacré une double page avec une belle photo de lui et de Biscotte qu'il a remembré avec plus ou moins de succès, et de scotch. Il a aussi eu droit à cinq minutes au journal télévisé de France 3 Régions. Du coup, ses voisins l'ont invité à prendre l'apéritif, tout fiers d'avoir une vedette dans leur immeuble. Puis le soufflé est retombé et Raoul n'a plus eu que ses gris-gris pour interlocuteurs. De temps en temps, papa et lui s'appellent. Il a failli venir à la caravane pour les vacances mais sa voiture l'a lâché et c'était trop cher d'y aller en train, alors…

Aujourd'hui, dans le salon d'apparat de la préfecture, il est tout beau dans son costume en tergal gris irisé et sa cravate mordorée. Le Hervé est somptueux, à croire que c'est lui le récipiendaire du jour : il porte un costume beige du plus bel effet et sa cravate crème met en valeur son hâle léger. Il s'est acheté un nouveau fond de teint qui ne tache pas. Moi, je suis en jean. De toute façon, je ne compte pas assister à la cérémonie ; je resterai dans la camionnette. En attendant le champagne tiède, on déambule parmi tous les meubles et les tableaux du garde-meuble qui sont rassemblés et alignés comme pour une exposition ou une vente chez Christie's.

Et maintenant, c'est au tour du préfet de faire l'éloge du héros du jour. C'est SON moment, au Rigodet :

« Merci du fond du cœur, Raoul Rigodet, au nom de la nation et, même si ce mot est démodé je l'aime, merci au nom de la France. En restituant l'intégralité des biens coupablement acquis par vos parents, vous rachetez la conscience qui leur a fait défaut. Car non seulement vous nous rendez des œuvres et des biens d'une valeur inestimable, mais en plus vous nous rendez également la mémoire… »

Assis au premier rang avec les notables, papa et moi, on écoute le discours. Je suis assise à leurs côtés parce qu'ils m'ont convaincue que si tout a commencé, c'est tout de même grâce à moi.

« Allez, viens, m'ont-ils dit en venant me chercher dans la camionnette. Ce qui est fait est fait. Et au moins, là, tu vas ressentir les effets de l'honnêteté historique.

– Je suis plus à l'aise dans la malhonnêteté quotidienne. Et tu m'as convaincue que le champagne sera tiède.

– Pourtant y en a qui se donnent de l'importance toute une vie pour avoir bu ce champagne tiède et avoir trinqué un jour avec un quelconque notable dans un quelconque salon d'hôtel de ville.

– Eh ben, c'est des cons !

– Ce ne sont pas des cons, c'est la nature. S'il n'y avait pas de moutons, il n'y aurait pas de berger. Mais s'il n'y avait pas de berger, il n'y aurait plus de moutons, bouffés par le loup. C'est un échange, c'est malheureux mais équitable... Et c'est d'ailleurs pour ça qu'il ne faudrait boire que du Ruinart millésimé, bien frais, et entre amis. Allez, rentre avec moi, le préfet va commencer.

– Je m'en fous », ai-je marmonné en les suivant.

C'est le grand moment du Raoul. Il en est rouge de bonheur et de confusion. Tant d'émotions en même temps, pour lui qui s'anesthésie chaque jour à coups de petits verres qui font une grande bouteille, c'est presque trop.

« Et voilà pourquoi j'ai le plaisir de remettre à monsieur Raoul Rigodet la médaille du Mérite », annone le képi sur pattes.

Accolade et poignée de main, c'est au tour du petit bonhomme de parler.

« Merci beaucoup, mais je n'y suis pour presque rien. Je voudrais remercier deux personnes qui ont éclairé mon chemin. Elles ont eu les mots et les gestes pour me faire aller là où je ne comptais pas aller. Merci Hervé, merci Lydie. Sans vous, ces trésors seraient restés cachés aux yeux du monde et de leurs vrais propriétaires. Vous m'avez montré le chemin vers l'autre.

– Et du reste, nous allons leur demander de vous rejoindre », déclare le préfet en dirigeant son regard vers le premier rang.

On se regarde, surpris.

« Nous ? »

Mais la salle applaudit, et papa est déjà sur scène. Y a plus qu'à…

« Si j'osais, continue l'officiel, je profiterais de votre présence, monsieur Vincent, pour vous demander de nous interpréter l'un de vos tubes…

– Ce n'était pas prévu, je…

– Mais c'est plutôt à nous de chanter vos louanges, embraye l'homme aux galons. Nous savons tous que votre geste incroyable fut un geste du cœur désintéressé, comme l'est votre engagement auprès des personnes du troisième âge. »

Rouge de joie et de fierté, le Hervé ne trouve rien à dire.

« Merci…

– Je sais que vous l'ignoriez, mais plusieurs compagnies d'assurances ainsi que de nombreuses associations juives ont établi un barème de récompenses pour la restitution de ces œuvres. »

Là, je tends l'oreille.

« Pardon ?

– Votre étonnement vous honore, mademoiselle. Bien sûr, il s'agit d'une somme fort modeste par rapport à la valeur du trésor que vous nous rendez, puisqu'elle ne correspond qu'à 5 % de sa valeur estimative, mais tout de même… »

Papa et Raoul se regardent sans comprendre, tandis qu'une vieille dame en fauteuil roulant est hissée sur scène. Elle tient une enveloppe à la main qu'elle leur tend en disant avec un fort accent yiddish :

« Merci messieurs, merci ma petite fille, la bonté se lit sur vos visages, vos regards inspirent la confiance. Monsieur Rigodet, je suis fière de vous remettre ce chèque de 3 millions d'euros au nom de ceux qui ne sont plus là, au nom de toutes les victimes… »

Je vacille et je tombe dans les bras du préfet. On s'affole un peu, Raoul Rigodet se précipite.

« Il faut lui mettre des claques, y a que ça qui marche ! »

Après deux gifles, j'ouvre les yeux.

« Che voulé une cou de nard ben ré…

– Qu'est-ce que tu dis Lydie ? Lydie, ça ne va pas ? s'inquiète mon père.

– Je voudrais une coupe de Ruinart bien frais », j'articule difficilement.

## Six mois plus tard

Et maintenant, c'est moi, Raoul Rigodet, qui raconte. Il fallait bien ajouter une nouvelle voix à leur duo. Je vais raconter parce qu'il a fallu que j'attende d'avoir 67 ans pour avoir quelque chose d'intéressant à dire, quelque chose qui donne envie de m'écouter. Dans la loge, on ne se parlait pas, et comme on habitait dans le 16e arrondissement, hors de celle-ci, je n'étais jamais que le fils de la concierge, le plouc, l'inculte, le fils de la bonniche, celui dont la voix sent le graillon.

Trois millions ! Si j'avais su plus tôt qu'on pouvait avoir une prime si on rendait les biens spoliés, je l'aurais fait de son vivant, histoire de faire coup double : voir la détresse et la honte de ma mère qui aurait peut-être été en prison comme Klaus Barbie, et recevoir cette somme. Et narguer ma femme. J'avoue que je lui ai envoyé la coupure de presse qui raconte l'histoire et qui donne le montant. Y a pas de petite vengeance.

Quand Lydie a repris ses esprits, et qu'elle a vu les zéros sur le chèque que la vieille dame m'avait remis, elle a changé de regard sur moi et sur son père. Soyons francs, tout le mérite de cette générosité historique lui revient, au Hervé. Le Grand Saint Patron de la Réhabilitation, c'est lui. Je n'en suis que l'exécutant. Mais tout de même, si j'avais dit non, il n'aurait rien pu faire.

Ils ont terminé leur tournée en assurant les dates de concert déjà prévues, pendant que moi je suis parti bazarder ce qu'il restait chez moi. Je n'ai même pas montré le chèque aux voisins. Parfois, laisser planer le mystère est plus énervant et plus frustrant. J'ai fait venir Emmaüs et ils ont vidé l'appartement en une heure. Ils ont tout pris. À chaque meuble qu'ils rangeaient dans leur camionnette je respirais mieux. Je crois que j'ai pris deux centimètres. Je n'ai gardé que Biscotte et deux ou trois trèfles.

On s'était donné rendez-vous dans le Sud, dans leur ancienne région, pour qu'ils me fassent visiter leur paradis. J'avoue que j'ai bien aimé. Leur fameuse maison était vendue mais on en a trouvé une autre dans la même rue, et je pense que c'est mieux comme ça. Faut pas essayer de faire revivre ce qui est mort. Le temps de cette maison était passé, il fallait en acheter une nouvelle. Même Lydie l'a reconnu. Elle a changé celle-là ! Elle a perdu ce petit rictus qui lui donnait la bouche amère ; elle est encore un peu chiffonnée mais adoucie. Son corps semble s'être dissous dans le bonheur et dans la chaleur du Sud.

Je cause mieux depuis que je les connais.

C'est moi qui ai payé la maison, mais je l'ai mise au nom de la « Biscotte SA » qu'on a créée ensemble, Bernard et moi. Elle s'appelle « La Chance ». C'est joli comme nom de maison, non ?

Aujourd'hui, on la quitte. On repart en tournée parce qu'on s'emmerdait, Nanard et moi. C'est vrai qu'une maison avec piscine et jacuzzi sur la Côte d'Azur c'est mieux qu'un HLM à Tourcoing mais, là où Lydie se trompe, c'est que ça ne suffit pas pour être heureux. On s'emmerde, la vedette et moi. Les vieilles nous manquent. Moi, je ne les connais pas encore mais, à ce que m'en a dit Bernard, ce sont des bombes d'amour et d'admiration pour les artistes comme nous.

Je vais être l'assistant de la star, je vais faire tous les trucs que faisait Lydie. Mais dans une nouvelle camionnette. Ça va être énorme. Et elle, elle part voir sa mère. Elle s'estime assez bronzée.

« Bon, ben... bon voyage alors. Et bonne chance, nous dit-elle gentiment, en portant les bagages vers notre nouveau vaisseau des terres.

– Dis pas ça, malheureuse ! je m'exclame en me signant deux fois, sinon ça porte malheur.

– Vu comment t'as décoré le cockpit, tu t'es protégé », répond-elle.

C'est vrai que j'ai éparpillé un peu partout quelques « protecteurs » personnels ; deux ou trois pattes de lapin, quatre ou cinq trèfles à quatre feuilles et l'oreille tatouée de Biscotte qui pendouille au rétroviseur. C'est tout de même grâce à elle que tout a commencé !

« Beurk ! C'est dégueulasse ! s'écrie Lydie en la découvrant.

– Nouvelle voiture, nouveau départ, anciennes croyances. »

Bernard sort de la camionnette/bus/mobile home à ce moment-là en disant :

« J'ai vérifié, tout est en place.

– Évidemment que tout est en place ! je m'exclame. Et grâce à qui ? Grâce à Bibi ! »

Père et fille s'étreignent longuement.

« Au revoir ma chérie… Ton avion décolle en début de soirée, c'est ça ? Tu diras bonjour à ta mère de ma part et tu lui diras que… tu lui diras que je vais bien, que ça marche pour nous. Enfin, pour moi… Tu lui montreras des photos de la maison… Pour lui faire un peu envie. Si tu peux.

– On verra déjà si je lui parle. Au revoir papa… dit Lydie d'une petite voix émue.

– T'inquiète pas Lydie, je m'occuperai bien de lui. Une vraie maman à son fiston…

– Non, une vraie fifille à son papa ! corrige la vedette. Allez, roule Raoul ! »

Ça y est, on se sauve. On est partis mon kiki ! Mais, qu'est-ce qu'elle fait ? Pourquoi elle court vers nous ?

« Papa ! Papa, attendez-moi ! Pousse-toi Raoul. C'est moi la fille de mon père !

– Mais tu vas plus voir ta mè…

– Je ne suis pas encore assez bronzée. Elle attendra. Et j'ai enfin les mains détendues. »

*Si ce livre était un film avec un générique de fin, on verrait Hervé Vincent chantant dans une maison de retraite et Raoul Rigodet faisant danser une vieille dame poudrée et charmante en chaise roulante. Le spectacle serait à la fois pareil et très différent : tout y serait plus clinquant, plus brillant. On remarquerait les cheveux noir de jais d'Hervé Vincent, ses dents étincelantes, et son nouveau costume bien coupé dans une encore plus belle matière. Ses gestes seraient plus précis et la sono très pro comme celle des tournées de Michel Sardou. Raoul Rigodet aussi serait beaucoup plus « net ».*

*Et on verrait Lydie dans une robe près du corps, tendant des roses à tous les pensionnaires en souriant.*

*Mais la vie, ce n'est pas du cinéma. Cette scène-là, si elle existe, vous la découvrirez quand vous serez vieux.*

*Bonne chance.*

MAUREEN

## Remerciements

Merci à mon ami Vincent Baguian de m'avoir permis d'adapter notre scénario « Hervé Vincent en concert à 16 h 30 » en roman.

Merci à mes premiers lecteurs d'avant éditeur : Hugo Renard, Nicolas d'Estienne d'Orves, Dorothée Villevieille, Muriel Combeau, Véronique Grissaux, Christine Davenier, Sarah et Guillaume de Forceville, Marion Corveler, Leïla Belmokhtar et plus particulièrement Laure Monloubou et son œil de lynx, pour leurs critiques parfois dures mais constructives. J'ai continué à forger comme vous le voyez.

Merci à Sophie Fournier-Villiot à qui je dois tant.

Merci à Laurent Laffont, mon éditeur, pour sa confiance et son exigence bienveillante.

Merci aux équipes de Buchet-Chastel qui m'ont accueillie si gentiment.

Merci aux libraires et aux journalistes qui auront mis en avant ce livre. (J'espère qu'il y en aura !)

Merci à mes parents (il faut toujours remercier ses parents sauf quand ce sont des crapules, ce qui est loin d'être le cas des miens), et à mes amis qui me portent et me supportent depuis tant d'années.

Merci à mes trois ours : le Grand si grand, le Moyen si peu moyen et le Petit qui ne l'est pas du tout. Tout ça c'est pour vous, évidemment.

COMPOSITION ET MISE EN PAGES
NORD COMPO À VILLENEUVE-D'ASCQ

CET OUVRAGE A ÉTÉ ACHEVÉ D'IMPRIMER
SUR ROTO-PAGE
PAR L'IMPRIMERIE FLOCH À MAYENNE
EN AVRIL 2023

N° d'impression : 102334
Dépôt légal : mai 2023
*Imprimé en France*